ミス・ビアンカ
ひみつの塔の冒険

マージェリー・シャープ作
渡辺茂男訳

岩波少年文庫 235

THE TURRET

Text by Margery Sharp
Illustrations by Garth Williams

First published 1964
by William Collins Sons & Co., Ltd.

First Japanese edition published 1972,
this paperback edition published 2016
by Iwanami Shoten, Publishers, Tokyo
by arrangement with the author
c/o Intercontinental Literary Agency, London.

もくじ

もくじ

さし絵　ガース・ウィリアムズ
カバー背景画　堀内誠一

ミス・ビアンカ

ひみつの塔(とう)の冒険(ぼうけん)

1
◇◇◇◇◇
くつろぐミス・ビアンカ

1

ミス・ビアンカは、せとものの塔のなかで、つくえにむかい、囚人友の会あての辞表を書いていました。

彼女の部屋のすべてのものが、美しく明るく、すっきりと優雅でした。スギ材の家具は、見た目に美しいばかりか、よい香りがしました。そして、長いすの上におかれた、白鳥の羽毛をつめたいくつかの絹のクッションの色は、そろって、うすいピンクでした。あの会議場の粗野な雰囲気にくらべたら、なんというちがいでしょう。ミス・ビアンカは、婦人議長として、その演壇から、必要に応じてさわぎをおさえながら、あらしのように荒れた会議を、いくたび司会したことでしょう！　それに、まっ白い手すきの紙の上に青い字でつつましやかに、「せとものの塔」と住所だけが書かれた、彼女の個人用の便せんにしても、「囚人友の会」とか「囚人友の会婦人部会」と肩書がはいり、おまけに、いちばん下に、「婦人議長専用」とか「下水・排水委員会」とか印刷してあった公用の、あつぼったい用紙にくらべて、なんというちがいでしょう！　ミス・ビアンカの手にもつペンも、羽のようなかるさでした。——それもそのはず、彼女のペンは、ミソサザイの羽だったのです。

辞表を書いたとはいうものの、署名をするまえに、ミス・ビアンカは、ほっと手を休めました。彼女は、美しかったばかりでなく、思慮ぶかかったのです。思慮ぶかさがあれば、だれでもするように、ミス・ビアンカは、自分の動機を、とてもきびしくたしかめたのですが、それでも自分のやりたいことは、もしかしたら、やってはいけないことなのかもしれないと、不安になりました。公の生活にひきいれられたことも、彼女のすべての傾向に反することだったのです。せとものの塔は、大使館のべんきょう部屋のなかにたっていました。彼女は、位の高い外交官の社交界で、のびやかにふるまっていましたし、時間を見つけては、詩作という恵まれた才能にみがきをかけるよろこびにさえひたっていたのです。とはいえ、義務がなかったわけでもありませんでした。大使のぼうやは、肩の上にすわって見ていてくれるミス・ビアンカの助けなしには、いまの半分もべんきょうができなかったにちがいありません。彼女のおかげで、むずかしい算数の計算に集中することもできましたし、たいくつな歴史の本を読んでいるときも、のぞき読みをしているミス・ビアンカの、小さな感嘆の声で、はっと興味をよびおこされたりしたのです。家庭教師でさえも、ミス・ビアンカのあたえる刺激をみとめていました。ぼうやのおかあさんはもちろんみとめていたものですから、ぼうやが、何時間もつづくような閲兵式や慈善観劇会へいくときは、ミス・ビアンカを、ポケットに入れてつれていくことを、かならずゆるしてくれました。

　でも、考えてみれば、なんとたのしい義務ばかりだったでしょう！　ミス・ビアンカの良心は、ちくりといたみました。

　彼女は、公の義務と個人の義務とかちあった、近ごろあったたいくつかのできごとを思いかえしてみました。くらやみ城にとじこめられた詩人を救いだしにいっているあいだに、

ぼうやは、さびしさのあまり、かんたんなたし算すら、できなくなっていました。また、ダイヤの館の大公妃の手から、孤児を救いだすために、フランス大使のディナーを、あやうくのがすところでした。（ミス・ビアンカが、ワイングラスのあいだからしとやかにすすみでて、大使にごあいさつをすると、大使は、フランス語で「ホッ、ナント、カワイイヤツメ！」といいました。大使は、ミス・ビアンカがおそろしいブラッドハウンド犬のきばをのがれてきたばかりだったことを、少しもご存じありませんでした。）そのよう

なことを思いかえすと、彼女の胸のいたみは、少しはおさまりました。じっさい、ミス・ビアンカは、大公妃のお狩場の山荘での体験（ブラッドハウンド犬とのおそろしい出会い）や、くらやみ城でのできごと（ねこや看守たちとの危険な出会い）を思いかえすと、よくぞやったものだと、しみじみ思えるのでした。

「わたくしのからだでは、もう、とても耐えられない！」と、ミス・ビアンカは考えました。「わたくしの神経は、ずたずたになってしまう！」

それに、書きためた詩を詩集として出版する準備もありました。

「わたくしの詩を読んでくださるかたたちのためにも義務があるのです。」

ミス・ビアンカは、インクつぼに羽ペンをひたして、辞表に署名をしました。

ちょうどそのとき、せとものの塔をめぐる小さな庭園の門の鈴が鳴りました。ミス・ビアンカは、ほほえみながら、鈴にこたえるために立ちあがりました。おとずれたのはだれか、ミス・ビアンカには、よくわかっていました。――ほかならぬ、囚人友の会の事務局長、べつのいい方をすれば、親しき友のバーナードでした。

2

「おじゃまでなけりゃいいんだが。」と、バーナードが、心配そうにききました。——時間は、真夜中を少しすぎていましたが、ねずみたちにとっては、ごくあたりまえの訪問の時間でした。けれどもバーナードは、少なくともミス・ビアンカにたいしては、むりやり訪問すると思われることを、いつも、とても気にしていました。（会費をはらわない囚人友の会の会員のところへは、バーナードは、まるで執達吏のように、無慈悲に押し入っていきました。彼のそんなところが、彼を有能な事務局長にしていたのです。そのほか、ことんまで信頼でき、冷静な判断力をもち、自分の利益などまったく考えないのが、バーナードだったのです。）

「いいえ、少しも。」と、ミス・ビアンカはこたえました。「ちょうど、手紙を書きおえたところなの……」

「手紙だって?」と、バーナードは、息をとめてききました。

「ええ、とうとう。」と、ミス・ビアンカはいいました。もちろん、彼女は、まえもってバーナードに彼女の気持ちをもらしていたのです。そして、バーナードこそ、彼女の決心をかためさせたのです。

「よかった！」と、バーナードは、声をあげました。

どういうわけかミス・ビアンカは、少しばかりいらつきました。

「おせじのじょうずなかたたちが、わたくしは、どちらかといえば、よい婦人議長だったとか。」と、ミス・ビアンカはいいました。

「もちろんだとも。」と、バーナードは、あたたかくいいました。「きみは、われわれの会はじまって以来の最高の婦人議長だった。――われわれの会どころか、どこの会においてもだ。」（不幸なことに世界じゅうに囚人がいるものですから、世界じゅうに、囚人友の会の支部があるのです。）「でも、ぼくは、きみが議長をやめることを、よろこばずにはいられないんだ。というのはつまり、きみが、ねこや看守なんぞを相手に、自分の生命をかけて戦うのは、これでもう終わりということになるからだ。きみも知ってのとおり、ぼくは、はじめから反対だった。きみは、死の危険に身をさらすには、」バーナードは、さりげなくいいました。「美しすぎる。」

バーナードにむかい、愛情をこめてほほえみかえすミス・ビアンカは、ほんとうに美しく見えました。べんきょう部屋の窓からさしこむ満月の光で、白テンのようなミス・ビアンカの毛が銀白色にかがやき、くびにかけられた細く美しい銀のネックレスが、ダイヤモンドのようにひかりました。そのいずれも、彼女の目のかがやきにおとらず、明るく見えました。けれども、ミス・ビアンカの目のかがやきは、それらよりもしっとりとうるおっていました。深い褐色の目は、(白ねずみとしては、たいへんめずらしいことでした。)長い黒いまつげでふちどりされ、いいようのない、やさしい深みをたたえていました。あまりの美しさに、バーナードは息をのみました。

「もちろん囚人友の会は、あなたに、お別れのパーティーをさしあげたいと思います。」

と、バーナードは、かすれた声でいいました。

ミス・ビアンカは、ため息をつきました。ねずみたちは、パーティーが大好きです。マッチばこを六つならべたテーブルの上に、ラベンダーのオイルづけのエビのしっぽや、かりかりにいったイワシの骨が、はしからはしまでならべられたのを見るときほど、彼らが興奮することはありません。パーティーの理由さえみつければいいのです。バーナードは、ミス・ビアンカとおなじように、ねずみたちのごちそう好きを知っていましたから、彼女がため息をもらしても、べつに気分をそこねませんでした。

「まあ、それに！」と、ミス・ビアンカはいいました。「テーブルスピーチがあるんでしょ？」

「スピーチは、つきものでしょう。」と、バーナードがいいました。「最初がぼくで、つづいて婦人部会の会長、それからあなたでしょうね。そこで、ほかのものたちをえんりょさせることができるとすれば、奇蹟みたいなもんだ。」

ミス・ビアンカは、もう一度ため息をもらしました。外交官の社交界で暮らしてきたミス・ビアンカは、どちらかといえば、食後の教養ゆたかな会話のほうになれていたのです。テーブルにすわったまま、わかりきった、たいくつな演説を、五回も六回もきかされるのかと思うと、すっかりゆううつになってしまいました。それに、ときは八月。最高のできばえのテーブルスピーチでさえ、いつもより長く感じられる月なのですから……。

「もう少し、すずしいことを、してくださらないかしら？」ミス・ビアンカはいいました。「たとえば、ピクニックとか。――それはそうと、こんな中途はんぱな、たいくつなお目にかかりかたをしないで、気持ちのよい夜ですから、お散歩でもたのしみませんこと？」

バーナードには、ねがってもないことでした。二ひきは、腕をくんで、せまいけれども、魅力のある庭園を散歩しはじめました。二ひきがはじめて会ったのも、この庭園のベネチアガラスの噴水のそばでした。そのときバーナードは、料理部屋にすむ内気な若いねずみにすぎませんでした。あの有名なミス・ビアンカに、口をきくのでさえからだのかたくなる思いだったのです。そのバーナードも、いまや堂どうたる重要なねずみになっていました。その日のことが、ついきのうのことのように思えました。ミス・ビアンカは、少しもかわっていませんでした。彼女は、上品で小柄なからだを、まえとおなじように、かろやかに優雅に動かしました。バーナードの腕にかかる彼女のからだは、ひとひらの雪のように重さを感じさせませんでした。ミス・ビアンカは、そのころよく乗って遊んだ、かわいいブランコやシーソーに目をやりながらほほえみました。ブランコには、もう何か月も乗っていなかったのです。

「時の流れは早いものね、バーナード！」とミス・ビアンカは、しずかにいいました。

「わたくしは、ほんとうに、自分の生活にもどる気持ちになりました。――でもわたくしは、危険は、それほど気になりませんでしたのよ。」と、ことばをつづけました。「友の会こそ、危険にあわされたのね！」

「くらやみ城の監獄長は、いちばんひどいやつだった。」と、バーナードは、思い出すようにいいました。

「いいえ。」と、ミス・ビアンカが、考えぶかそうにいいました。「マンドレークこそいちばんひどかったと思いますわ。（マンドレークは、ダイヤの館の大公妃の執事でした。）監獄長の習慣ときたらみじめなものでしたわね。――葉巻の吸いがらをあたり一面ちらかして、思い出すだけでも、吐き気がいたしますわ。――彼は、囚人たちを絶望させるほど残酷でした。彼自身も、そう信じていたのでしょうね。でもマンドレークときたら、身のふせぎようもない子どもにたいして残酷だったのよ。やさしい目で見てあげるとか、たった一言、やさしいことばをかけてあげれば、あの子を絶望から救ってあげられたかもしれなかったのに……」

「あの子を絶望から救ってあげたのは、きみでした。」と、バーナードは、おちついた声でいいました。

「ほんとうに、あの子が、いま、平和に幸せに暮らしているのが、わたくしの、大きなよろこびの一つです。」と、ミス・ビアンカはいいました。「けれど、マンドレークにたいする憎しみは、いつまでも消えません。」

「なにか、もっとたのしい話ができないものかなあ。」と、バーナードがいいました。

——バーナードは、もっとロマンチックなという意味でいったのです。けれどもミス・ビアンカは、ほほえんで彼のことばにしたがうように見えましたが、それにこたえるかわりに、バーナードに、噴水のペダルをおすことをたのみました。

「この月の光で、きっと、きれいですわ。」と、彼女はいいました。「でも、わたくしには自分でおす力がありませんのよ。」

その噴水は、バーナードでさえ、ペダルの上にすわりこまなければ、水をだすことができませんでした。バーナードが、あまりに力を入れすぎたので、水がとつぜんふきだして、ミス・ビアンカのからだをびしょぬれに、ぬらしてしまいました。けれども、育ちのよい

ミス・ビアンカは、この失敗を、いつものようにほがらかにうけとめました。それどころか、そのおかげで、彼女は、すばらしいことを思いつきました。

バーナードが、まっ赤な顔をして、ハンカチで、だいじなものでもふくように、ミス・ビアンカのからだをふいていると、

「バーナード！」と、ミス・ビアンカが、うれしそうな声でいいました。「友の会が、わたくしのために、船遊びのピクニックを計画してくださらないかしら？　もう、ほんとに長いこと船遊びなどしていませんもの！」

3

ねずみたちが、長いこと船遊びにいかなかったそのわけは、準備が、とてもたいへんだったからです。船遊びにいい場所は、みんなよく知っていました。——市の境界線を数キロ外へでたところにある、いまは使われていない公園にたっている、くちかけた塔の下のスイレン池でした。たいへん年とった祖父母ねずみたちは、ジャン・フロマージュの三百年記念祝典に、みんなでそこへでかけたことをおぼえていました。——ジャン・フロマージュは、トルコのコンスタンティノープルの監獄にとじこめられていた、フランス人の船乗りの少年の相手をつとめた、勇敢なフランスのねずみです。でも、そのとき以来、そこへいく乗りものの手配や、船遊びのボートを借りること、赤んぼうのおもりをみつけることが困難なので、スイレン池をおとずれることがなかったのでした。でも、こんどは、ミス・ビアンカの辞職という機会でもあり、また、バーナードの熱意あふれる指導力により、あらゆる障害はとりのぞかれることになりました。

MERMAI
BAI

中央郵便局の整理ばこのなかに住んでいるねずみの報告によれば、集配の郵便自動車が、(ねずみなら何びきでも便乗できます。)第一回目は、午前十時に局を出発、そのとちゅう、あの公園の門の郵便ポストから手紙を集めるために一旦停止し、二回目の集配に、またそのポストに午後六時にまわってくるというのです。まさに理想的な集配予定です。

しかし、バーナードは、集配時間の変更もありうると考えて、まえもって、ひとりでその道のりをためしてみました。しかも、そこへいっているあいだに、スイレン池の水辺に住んでいる水ねずみの集団からボートを借りる契約までまとめてきました。赤んぼうたちのおもりをする留守番役については、この船遊びの旅は、そうとうつかれるものであると強調されましたし、また、それにくわえて、参加しないものには、ミス・ビアンカのサイン入りの写真をくばるという話もあったので、相当数のおばあさんねずみたちが、留守番と赤んぼうのおもりをひきうけることになりました。

2

◇◇◇◇◇

スイレン池のピクニック

1

ピクニックは、想像できなかったほどの大成功をおさめました。

郵便自動車は、一分のくるいもなく出発しました。しかも、それよりももっと正確に、まだ郵便自動車が、郵便局の構内に停車しているあいだに、囚人友の会の会員たちは、ピクニック用の手さげバスケットを、つぎつぎにはこびこみました。中年のご婦人ねずみたちは、よそゆきの帽子をかぶり、若いむすめねずみたちは、リボンを頭の上で、花のようにむすんでいました。ミス・ビアンカは、趣味のよいレースのハンカチで、上品な耳をおおうようにして、あごの下で、きりりとむすびました。バーナードは、レインコートをもっていきました。

郵便自動車は、警笛をならしながら走りだしました。そして、郵便ポストに近づくたびに、近所の人びとに郵便集めにきたことを知らせる警笛をならしました。ねずみたちは、この警笛には、おおよろこびでした。ねずみたちは、この郵便車気質がすっかり気に入って、警笛にあわせてチュウチュウ、フレーと、歓声をあげました。公園入口の郵便ポストで、フレー、フレー、フレー、の三拍子を三回くりかえし、一行は、郵便自動車をおり、スイレン池にむかいました。そこには(バーナードのおかげで)、ボート、カヌー、ヨットなど、てごろな小舟が何そうも、岸につながれてまっていました。お天気ときたら、これまた文句のつけようもありません。空のようにまっ青な水面には、さざ波一つたっていませんでした。一行は、さっそく、舟に乗りました。

はじめての船遊びの経験は、ほんとにすばらしいものでした。幸せいっぱいのねずみたちは、ここかしこ、オールをこぐもの、帆に風うけるもの、午前いっぱい、スイレンのあいまをぬって船遊び。やがて、いちばん大きなスイレンの葉に上陸して、たのしい昼食会。昼食を準備した婦人部会の腕前は、信じられないほどでした。ねずみたちのいちばん好きなものは、すべてそろっていました。――あぶりたての小魚の骨や、チーズトーストはむりとしても、冷たいままで食べる、あらゆる珍味はそろえてきました。そして、ごちそうのまんなかに、ミス・ビアンカと、ピンクの文字で名まえを入れた、どこも欠けていないすばらしいメレンゲがおかれました。囚人友の会のブラスバンドが、ヘンデルの「水上の音楽」をかなでました。

まったく想像できなかったほど、すばらしいピクニックでした。――とくに、ピクニックでは、めったにないことですが、食後に、だれもかれも、ぐっすりと昼寝もたのしんだのです。からだいっぱい動かしての船遊び、新鮮な空気、それに、食べものがたっぷり。子ねずみたちでさえ、口に食べものをほおばったまま、からだをまるめて、ねむりこけてしまいました。そのおかげで、幸せなことに、だれもスピーチをするものがありませんでした。

昼寝がすむと、一息いれたブラスバンドが、また元気よく演奏をはじめました。ジグ（三拍子）とショッティッシュ（二拍子）の軽快なダンス音楽をはじめました。組をつくり、パートナーをきめておどりました。――スイレンの葉の、なんとゆれたこと！――水面に波がたったせいではなくて、ねずみたちの、スットン、ピタピタと、おどる足でゆれたのです。

ねずみたちのおどった曲は、「かけるよかける茶色のねずみ」「ころがせころがせクルミのからを」「ジェニーのおひげ」、それから「ヒッコリ・ディコリ」に「ねずみまちのかけっこ」でした。それにねずみたちのいちばん好きな「ねこのくびに鈴かける！」でした。

バーナードとミス・ビアンカは、ひらきかけているスイレンのつぼみのかげに、おたがいに、少しはなれてすわりました。ミス・ビアンカは、もちろん、バーナードと手をとりあって、ダンスの口火をきったのでした。スイレンの葉は、すばらしいおどり場となりましたけれど、はずみがよすぎて、ミス・ビアンカは、あまりおどらぬうちにつかれてしまいました。（彼女の好みからいえば「かけるよかける茶色のねずみ」よりも、魅力的なメヌエットの「ル・カマンベール」がよかったのですが、ほかのねずみたちが、ステップを知らないかもしれないと考えて、その曲をリクエストしなかったのです。）どちらにしても、すわって景色をながめているほうが、ずっといい気持ちでした。

「絶妙なながめですこと！」ミス・ビアンカは、ため息をつきながらいいました。

「水面にうつる塔の影、バーナード、ごらんになって！　あの有名な画家カナレットの絵のようね！」

「修理する必要があるね。」と、バーナードはいいました。

「そうすれば、もっと絵画的に美しくなりますわね。」と、ミス・ビアンカは、意見をのべました。

どちらのいうことも、まちがっていませんでした。塔のいただきは、いまや、ツタのしげみで、かつらのようにおおわれていました。荒れはてているとはいえ、塔は、いまでも、池に影をうつしながらすっくと色美しくたっていました。黄色い大理石づくりの塔は、西にかたむく夕日をうけて、ツタのしげみのすきまごしに、にぶくひかっていました。ツタは、木の幹ほどもある、年へた二本の茎のあいだにのびるにまかせ、上にむかってのびるほどに、からみあい、重なりあい、下から四分の三ほどまでは、ほとんど壁面をおおいつくしていました。そして、塔のいただき近く、ツタのしげみがつくる額ぶちのようなすきまから、細いハチミツ色の塔身がのぞき、むかしのままに、がっちりと鉄格子のはまった窓が、ただ一つ、暗いアクセントをつけていました。

「絶妙なながめですこと！」と、ミス・ビアンカは、くりかえしいいました。――「でも、あそこに、ちらりと見える白いものは、」と、いいたしました。「なにかしら？」

バーナードは、彼女の視線をおってみました。たしかに、窓枠の上に、なにか白いものが、ひらひらしています。

「紙きれか、紙ナプキンのたぐいだろうよ。」と、バーナードはいいました。「ここでピクニックをしただれかがのこした紙くずがとんだにちがいない。」

「恥ずべきことですわ！」と、ミス・ビアンカは、声をあげました。彼女がやめようとしているいくつかの役目のなかに、ごみ反対同盟の会長の役がありました。それにしても、ごみをちらかす悪習は、いつまでもなくならないものです。ミス・ビアンカは、生まれつき、ごみに耐えられませんでした。

「こんな絵のように美しい環境に、ごみをすてるなんて！」ミス・ビアンカは、とても腹を立ててさけびました。「バーナード、だれかに、あのごみをとらせてください！」

小枝に乗って近くをこいでいたボーイスカウトが、よろこんで、その役目をひきうけました。数ひきのほかのボーイスカウトたちも、その仕事に参加しました。「ねずみさんが走った」と、五、六回もかぞえないうちに、彼らは、ツタをよじのぼり、ほんの少しの冒険で、たちまち戦利品を、ミス・ビアンカのひざの上においてみせたのでした。――それは、手にしてみれば、紙きれではなく、服のへりのように見える、細長いアサのきれはしでした。

「あきれたこと！」と、ミス・ビアンカは、声をあげました。「紙ナプキンをすてるのでさえ、いけないことなのに、アサのきれはしをすてるなんて、無責任きわまりないことですわ！　バーナード、それを、お池にすてないで、ごみばこがみつかるまで、もっていてくださいな。」

そのとたん、ブラスバンドが、ねずみの国歌を演奏しはじめました。（「世界のねずみよ、手をむすび」です。これは、荘厳なアンダンテの部分で、コーラスは、アレグレットで「チーズ、チーズ、美しきチーズ」となります。）

全員立ちあがりました。バーナードは、とくに注意をはらいました。ミス・ビアンカが、お礼のことばをのべるのです。ミス・ビアンカは、バーナードに、腕をささえられて立ちあがり、優雅におじぎをしました。彼女は、もちろん、彼女のいちばん美しい姿を見せているという気持ちにもささえられていました。レースのハンカチのおかげで、はつれ毛一本見せていませんでした。ルイ十五世時代の貴婦人の雰囲気さえたたえていました。そこにいるねずみたちの半分も、ルイ十五世がだれなのか知らなかったでしょうが、ねずみたちは、彼女の貴族的な魅力に、思わず拍手をおくったのでした。

「親しいみなさま、」あたりがしずまるのをまって、ミス・ビアンカは、話しはじめました。「きょうこそ、わたくしの生涯で、もっとも幸せな日でありますと、もうしあげるわたくしの気持ちを、どうぞおくみとりくださいますように。みなさまにとりましても、たのしい日でありましたことを、心よりねがっております……」

「すごくたのしかったぞ！」と、ダンスをたのしんだ若者ねずみがさけびました。――彼は、「ヒッコリ・ディコリ」のダンスのとちゅうで、かねて夢見ていたむすめねずみと、結婚の約束をとりつけたのです。

「ほおよせた、おふたりのひげのふれぐあいからも、よくわかりますわ。」と、ミス・ビアンカは、その若者ねずみに、ほほえみかえしました。「結婚式には、ぜひ、招待してくださいな！　でも、あなたがたより、少しばかり年をとって、そんなにはしゃげなくなったわたくしたちも、きょうのピクニックを、若いかたたちにまけずにたのしんだことと思います。」

「そうとも、そうとも！」と、ねずみたちは、いっせいにさけびました。

「ですから、みなさまが、わたくしのためにご親切に準備してくださった、このピクニックは、」と、ミス・ビアンカは、話しつづけました。「感謝の気持ちにみちた、前婦人議長の胸にも、みなさまにとっても、いつまでも、たのしい思い出としてのこることと信じます。ほんとうに心のこりではございますが、わたくしは、自分の生活にもどることになりました。——みなさまのご親切で、わたくしの心をあたためられながら！」

「いいぞ、いいぞ！」と、また、ねずみたちは、いっせいにさけびました。保守的なねずみたちの何びきかは、ミス・ビアンカが、自分の生活に引退することを、どちらかといえばよろこんだのも事実でした。組織としての囚人友の会にとっては、監獄のなかの囚人たちの気持ちをほがらかにすることがすべてだったのです。——それが、大昔からのねずみの義務でした。囚人を救いだすというミス・ビアンカの革命的な考え方は、目的をはずれていました。たとえば、この目的のために、婦人部会をまきこんだミス・ビアンカの冒険にたいしては、いまだに多くの夫ねずみたちが不満をしめしていたのです。というわけで、「いいぞ、いいぞ」の歓声のなかに、男ねずみたちの声が、とりわけ大きくひびいていたようです。ミス・ビアンカは、別れのおじぎをして、バーナードに腕をあずけ、かろやかな身のこなしでカヌーに乗り、帰りの郵便自動車のまつ岸にむかいました。

「ほんとうに、たのしい一日でした！」と、ミス・ビアンカは、感謝の気持ちをこめて、ささやくようにいいました。「バーナード、あなたも、おたのしみになったかしら？」

「一刻一刻が、たのしかったね。」と、バーナードは、真剣にいいかえしました。「とくに、看守たちやブラッドハウンド犬にたいして、きみが、生命をかけるなんてことは、もう終わりだからね。」

「ほんとうに、あなたのおっしゃるとおりね。」と、ミス・ビアンカは、うなずきました。「わたくしの神経は、もう緊張に耐えられないってことは、わたくし自身に、いちばんよくわかりますもの……ほんとうに、たのしかったこと！」

郵便自動車が動きだすと、ミス・ビアンカは、もうだれもいなくなったたのしいさわぎの場所を、もう一度ふりかえりました。スイレン池は、暗くたたずんでいるとはいえ、昼とおなじように美しく見えました。西日を背に、高く細く塔がたっています。

するると、なんと、あの窓枠の上に、さっきはずした白いきれはしにかわって、また、つぎの白いきれはしが、あらわれたではありませんか！

2

帰る道すがら、ミス・ビアンカは、ほとんど口をきかず、ものおもいにふけっていました。けれども、ほかの大部分のねずみたちも、一日のたのしみのあとで、やっぱり口数が少なかったので、ミス・ビアンカのものおもいにふけるようすは、目だちませんでした。ただバーナードだけは、心配そうに、時どき彼女を見やり、いつもよりいっそうの気づかいをみせながら、ミス・ビアンカを、せとものの塔まで送っていきました。

「明日は、のんびりしていてください。」と、バーナードは、頭からレースのハンカチをほどき、ほっとしたように、長いすにからだをしずめるミス・ビアンカに話しかけました。

「牛乳をもってきましょうか。」

「いいえ、けっこうです。」ミス・ビアンカは、まだ、ものおもいにふけったままのようすでこたえました。「バーナード、スイレン池の上の塔は――」

「荒れはてているとぼくがいったのが、お気に召さなかったのなら、ゆるしてくれたまえ。」と、バーナードはいいました。「ほんとに、これまで見たどの塔よりも、カナレットの絵のようだったね。」

「あなたがごらんになったのは、それだけ？」と、ミス・ビアンカがたずねました。

「うん、そうだが、」と、バーナードは、すまなそうにこたえました。「きみも知ってるように、ぼくは、美術にはあまり強くないんだ……」

「美術的問題についてではないのです。わたくしは、事実を、」と、ミス・ビアンカは、暗い気持ちでいいました。「バーナード、あのスイレン池の塔には、だれかが、とじこめられているのですよ！」

3

バーナードは、とびあがりました。それから、やさしくわらいかけました。

「そうか、そんなことを、きみは気にしていたのか。」と、バーナードはいいました。

「まあ、とにかく、きみが、かぜをひいたんでなくてよかったよ。それにしても、どうして、そんな空想をしたのかな？」

「空想したのではありません。」「わたくしは、見たのです。」と、ミス・ビアンカは、バーナードのことばをさえぎりました。「わたくしは、見たのです。あなたは、お気がつかなかったかもしれないけれど、二番目の合図が、窓にむすびつけられたのを見たのです！　ですから、最初のは、まぎれもなく合図だったし、塔のなかにとじこめられているだれかの手で鉄格子にむすびつけられたということは、うたがう余地がありません。（風でふきつけられたなんてことではありませんのよ。）あのきれはしを、わたくしに見せてください！」

バーナードは、不安をつのらせ、そして気がすすまないままに、レインコートのポケットから、アサのきれはしを、ひっぱりだしました。バーナードは、ミス・ビアンカにわたすまえに、それを、ちらっと見ました。たしかに、はっきりと、(しかも、なんとも不幸なことには!)きれはしの一方のはしに、結び目のしわがのこっていました。

「きっと、どこかよそからピクニックにきたれんちゅうが、いたずらに結んでいったんだと思うがね。」と、バーナードはいいました。「われわれのボーイスカウトたちも、塔へのぼるのを、あんなによろこんでいたじゃないか。」

けれどもミス・ビアンカは、このもっともらしい仮説を考えるひまもないほど、きれはしをしらべるのに、むちゅうになっていました。

「まちがっていましたわ。」と、彼女はつぶやきました。「これは、ナプキンのはしじゃなくて、ハンカチのはしです。しかも、名まえがはいっています……」

「J・フロマージュとでも?」とバーナードは、むりにもおどけてみせました。しかし、これほど、まのわるいおどけかたはありませんでした。

「いいえ、J・フロマージュではありません。」ミス・ビアンカは、しずかにいいました。

「マンドレークです。」

4

バーナードは、ふるえるミス・ビアンカの手から、きれはしをとりあげました。たしかに、あのいやらしい名まえが、うっすらと、しかし、読めるのです。

「ついに、とうぜんの罰をうけたというわけか！」と、バーナードは、ゆううつそうにいいました。ミス・ビアンカは、うなずきました。

「どうしてこうなったのか、目に見えるようね。あの女の子を逃がしたことで、大公妃なら、かんかんにおこったでしょうね……」

「あの塔も、大公妃のものというわけだな。」と、バーナードは、あいづちをうちました。「いろんな場所をもっていて、荒れはてくちるにまかせてあるんだ。――あのなかにマンドレークが、くさりにつながれているのか、」バーナードは、いい気味だといわんばかりにつづけました。「夏は汗みどろ、冬はこごえ、一年じゅう飢えつづけ！　ふん、とにかく、あいつを助けようなどとだれも思わない！」

けれども、おどろいたことには、とうぜん、いっしょになってよろこぶはずのミス・ビアンカの顔色が青ざめたのです。ショックをうけたからか、それとも、いたましい記憶がよみがえったからだろうと、バーナードは考えました。そこで、マンドレークは、鉄の足かせもはかされているかもしれないと、気をひきたてるようにいいました。
「わたくしは、それが心配なの。」と、ミス・ビアンカは、真剣にいいました。
「それが心配だと？」バーナードは、おどろいていいかけましたが、口をつぐみました。信じられぬ疑いが、心にわいてきたのです。

「きみは――まさか――マンドレークも救われるべきだと?」

「と、わたくしは思うのです。」と、ミス・ビアンカはいいました。

5

「もちろん、ふゆかいきわまりない人物です。」と、ミス・ビアンカは、しばらくたってからいいました。(バーナードは、すっかり頭が混乱してしまったときいつもするように、せかせかと、あたりを歩きまわりました。まえに、ミス・ビアンカが、大公妃の館にとらわれたときには、バーナードは、心配のあまり、切手のじゅうたんがすりきれるほど、その上を歩きつづけたことがありました。)「たしかに、マンドレークは、いままでいきあった人物のなかで、もっともいやなやつでしたわ。」

「あの監獄長よりも、もっと残酷なやつだ。」バーナードは、ミス・ビアンカに思い出させようとしました。

「弁護できることは、一つもありません。」と、ミス・ビアンカもみとめました。「大公妃の犬だったんですもの。」

「身を守ることのできない、かわいそうな孤児に、やさしいことば一つかけてやらなかったやつだ。」と、バーナードは、歩きまわりながらいいつづけました。

「そのとおりです。」と、ミス・ビアンカはいいました。「わたくしは、彼のために一言もいうつもりはありません。わかってくださるかしら――」

「きみは、あいつを、心から憎みましたね。」と、バーナードは、くりかえしました。

「いまでも、そのとおりよ。」と、ミス・ビアンカはいいました。「でも、とじこめられていては、改心するチャンスがないのでは？」

バーナードは、足をとめました。彼女は、たしかにつかれてはいるようですが、熱があるようすはありません……。

「この問題について、誤解のないようにしよう。」と、バーナードは、とても注意ぶかくいいました。「きみは、彼に改心するチャンスをあたえるために、マンドレークは、救いだされるべきだといいたいのですか？」

「ええ、塔のなかで改心するのは、まずむりではないでしょうか。」と、ミス・ビアンカは、そのわけをいいました。「だれができるとお思いになる？」

「でも、きみは、なぜ、」と、バーナードは、あいかわらず注意ぶかくききました。「彼が、改心すると思うのです？　なにかはっきりした理由があるのですか？」

「理由はありません。」と、ミス・ビアンカは、あっさりこたえました。「わたくしは、そうねがうだけなのです。」

バーナードは、ここで、また、ミス・ビアンカにたいして、かんしゃくをおこしてしまいました。

「そのとおり囚人友の会に話したまえ！」バーナードは、爆発しました。

「あなたのおっしゃるとおり、」と、ミス・ビアンカはいいました。「話します！」

3

会議場で

1

会議場におけるつぎの総会は、三日ほど後におこなわれました。ミス・ビアンカは、いずれにしても、この総会に出席するつもりでいました。新しい婦人議長の紹介がおこなわれるのに出席しなければ、失礼だと思われたからでした。正直のところミス・ビアンカは、彼女の後継者(ミス・ビアンカの意見では、体操教師はたいへん気が荒く、必要以上に命令することが好きでした。)のことは、たいして関心をもっていなかったので、なおさらのこと儀礼的にふるまおうと思ったからです。彼女は、できるだけ控え目に出席し、一言も発言しないつもりでいたのです。

「でも、こんな事情になったのでは、発言しないわけにはいかないわ。」と、ミス・ビアンカは、心のなかで思いました。「バーナードがいいだすわけがないし、だとすれば、マンドレークのことを、みんなに提案することができなくなる。ただ一度、こんどだけは、礼儀作法にもとってもしかたがないわ。」

そうとはいえ、彼女は、目だたぬように会議場にはいるようにつとめました。——早ばやと入場したので、会議場は、四分の一ほどしか席がうまっていませんでした。彼女を前列のマッチばこの席に案内しようとする案内係りを、ていねいに、けれども、はっきりとことわって、中ほどの列にすわりました。ポップコーンを食べながら、がやがやさわいでいた若者ねずみたちにまじって、いちばんうしろの列にすわったのでは目だちすぎます。そこでミス・ビアンカは、いつものように機転をきかせて、ちょうどいいと思われる列(M列あたりでしょう。)に席をみつけ、近眼の化学者のとなりにすわりました。——彼は、ポップコーンは食べていませんでしたけれど、せきどめドロップをなめていて、彼女と気づかずに、一粒すすめてくれました。ミス・ビアンカは、もちろん、それをうけとりましたが、にっこりほほえんだだけでした。声をだせば、彼が少しでも耳がきこえるかぎり、声の主は彼女と気づかれてしまいます！　せきどめドロップは、まったく味もそっけもありませんでした。会議場が満員になるのをまつあいだ、ドロップをつつんであった銀紙のつつみ紙で、三角帽子をつくりました。ミス・ビアンカの反対側に、内気なおかみさんねずみがすわったとき、「まあ！」と、声をだしましたが、それっきりで彼女は、びっくりして、また、だまりこんでしまいました。ミス・ビアンカはほっとして、それからは、気がらくになりました。

それでも、バーナードが、新しい婦人議長を演壇の上に案内してあがるのを見たときには、彼女の心は、少しばかり痛みました。ミス・ビアンカは、自分の自由意思で辞職したのですから、少しも後悔してはいませんでした。けれども、自分がしめていたかつての地位が、ほかのものにとってかわられるのを見ることは、いつの場合でも悲しいことでした。ミス・ビアンカは、そんな気持ちをわすれて、みんなといっしょに拍手をしました。そればかりでなく、バーナードが、紹介のことばをのべると、もう一度、みんなに先立って拍手をしました。

そこで、新婦人議長が演説をはじめました。彼女の話し方は、ミス・ビアンカの話し方

にくらべると、たいへんなちがいでした。そっけない、がさつな調子で、彼女を信任してくれた囚人友の会と事務局長に、お礼のことばをまくしたてました。そして、からだをきたえることに会員がもっと留意すべきであると新任の抱負をのべるくだりでは、まるでわめいているようでした。（新しい婦人議長は、新任のあいさつで、なにか一つの目標をかかげることになっているのです。ミス・ビアンカのときは、慈悲の心を目標にしました。）新婦人議長の服装ときたら、ミス・ビアンカは、世界一の善意をもとうと思っても、どうしても批判的になってしまいました。職業的な誇りをもつことは、たいへんけっこうなことです。しかし、演壇の上に、体操着であらわれる必要が、どこにあったのでしょう。囚人友の会の品位を傷つけることにならなかったでしょうか？

しかし、ほかのねずみたちは、まったく満足しているようにみえました。（「新しもの好きなんだわ、きっと！」と、ミス・ビアンカは、皮肉に考えました。）体操教師の熱弁につられて、マッチばこにこしかけたまま、背筋をしゃんとのばすねずみたちさえいました。とはいえ、彼女の演説は、えんえんとつづきました。そこで後列の若者ねずみたちが、足をばたばたさせはじめたのを見てバーナードは、体操教師が、息をすいこむ間をとらえて、さっと、終わりのことばをさしはさみました。

「新婦人議長のために拍手をいたしましょう。どうもありがとうございました。」と、まえにすすみながらいいました。「われわれの新婦人議長のことばは、みんなの心に、ふかくきざみこまれたことと信じます。では、本日の議題は、新婦人議長にたいするわれわれの歓迎だけでありますから、夕食がひかえておりますので、総会は、これをもちまして終えることを提案いたします。賛成のかたは？」

前列の半分ほどが、さっと手をあげました。つぎの瞬間には、総会は終わるはずでした。──それを、バーナードはねがっていたのです。彼はさっきから、ミス・ビアンカがM列にいることに気づいていました。こうして総会を終わらせてしまえば、ミス・ビアンカの発言をおさえられると期待したのです。バーナードは、議事録を手にもとうとさえしました。その時です。ミス・ビアンカが立ちあがりました。

2

　立ちあがるまでには、ミス・ビアンカにとって、たいへんな努力が必要でした。礼儀は、彼女に沈黙を命じました。あんなすばらしいお別れのピクニックをしてもらったあとですから、友の会の決定に、少しでも文句をつければ、このプリマドンナの、さよなら後の出現、つまり、「これが・ほんとの・お別れ」を、目ざわりなものにしてしまうことはあきらかでした。しかしミス・ビアンカは、他人を愛する主義のために、自分の優雅さをすてて立ちあがりました。彼女にとっては、大きな自己犠牲でした。そして、いいました。

「議事進行上、」と、ミス・ビアンカは、はっきりとよびかけました。「本日の議事日程にはございませんが、別の議題を、一般席から提案してよろしゅうございましょうか？」あの有名な鈴をふるような声で、会議場のねずみたちは、いっせいにくびをのばしました。「見ろよ、見ろよ！」とか「彼女、きてたのね！」というようなささやき声が、会場にみちました。

「しかし――」と、バーナードが、なにかいいかけました。

「ざんねんながら、運営規則をはずれています。」と、体操教師が、ぴしゃりとさえぎりました。

けれども、ねずみたちは、ミス・ビアンカの発言にわれんばかりの拍手をおくりました。ミス・ビアンカのいうことをききたがっていることは疑いもありません。バーナードでさえ体操教師の口調に腹を立て、ほかのねずみたちをしずまらせようともせず、しかたがないといったかっこうで、いすにこしかけてしまいました。

「ありがとうございます。」と、ミス・ビアンカはいいました。「わたくしどもの新婦人議長に、このうえ賛辞をかさねますことは、あきらかにむだなことと存じます。」と、彼女は、ことばをつづけました。「けれども、彼女の新任を記念して、白い石の記念碑でもたてるような意味で、囚人友の会全体として、一つのきわだった英雄的行動を考えてはいかがでしょうか？」

「そうだ、そうだ！」「つづけて！」「どうやるんです？」と、ねずみたちはさけびました。

ミス・ビアンカは、しばらく、間をおきました。

「みなさまがたが、わたくしのために、ご親切にもよおしてくださった、あの記念すべきピクニックのおり、」と、ミス・ビアンカは、また、話しはじめました。「わたくしたちのたのしみを見おろすようにたっていたあの塔のなかに、やつれはてた囚人がとじこめられていようとは、――スイレンの葉の上でおどりながら、わたくしたちは、まるで気づかなかったのです。わたくしたちのたのしいざわめきが、彼の耳には、どのようなあざけりときこえたことでしょうか！　というわけなのです。もし、わたくしたちの活動の結果、その囚人の身に自由が、スイレンの花のように開くことができるとすれば、なんとすばらしいことではありませんか！」

これまで、囚人友の会の会員の半分ぐらいは、いつでも、ミス・ビアンカの美しい語り口と、選びぬかれたことばにききほれてきました。一種の集団催眠術にかかってしまったのでした。そして、気がついたときには、さまざまなおどろくべき冒険に、積極的に参加してしまっていたのです。けれども、こんどの場合は、その魔法がはじまるかはじまらないかのうちに、体操教師が、演壇の上から、話のこしをおりました。

「その提案を記録してください。」と、わめくようにいいました。「事務局長、議事録に記録して！　――提案者は、その囚人の特徴についてのべられますか？　――たとえば、名まえは？」

予定していたよりもはるかに早くミス・ビアンカは、その名まえをあかさなければならなくなりました。

「マンドレークです。」と、ミス・ビアンカは、大胆にこたえました。「囚人の名まえは、マンドレークです……」

3

あたりは、死んだようにしずまりかえりました。会議場のねずみたちは、一ぴきのこらず、マンドレークの名と、彼が、どんなに悪いやつかを知っていたのです。しかも皮肉なことには、かわいそうな孤児の少女をマンドレークと大公妃の手から救いだすという、ミス・ビアンカの英雄的な行動によって、彼の悪名は、いやが上にも高まったのでした。——いまのいままで、多くの母親ねずみたちは、マンドレークがやってくるといっては、いうことをきかない子どもたちをおどしてきたのです。

しずまりかえったねずみたちのあいだから、しいっしいっという非難の声がもれはじめました。

ミス・ビアンカは、これまで一度も、非難のささやきをきかされたことはありませんでした。ああ、演壇の上にさえいれば！　演壇の上からならば、総会の感情をゆるがすことがどれほど容易なことでしょうか！　ミス・ビアンカは、つくづくと思い知らされました。会場のそうとう多くのものたちは、彼女の姿を見ることさえできないのです。けれども、もはや演壇の上には、彼女の場所はありませんでした。知恵をしぼろうと、ことばを休めたそのとき、(文字どおり優位にたっている)新婦人議長が、また口をはさみました。

「提案者の熱意は、彼女のやさしい心を考えてみれば、」と、大声でいいました。「まことに、もっともだと思われます。わたしたちも、多くは、やさしい心をもっています。でも、だからといって、やさしい頭をもっているわけではないのであります！　――とにかく、投票できめましょう。悪名高い罪人マンドレークを救いだすことに賛成のひとは、挙手ねがいます！」

手は、一本もあがりませんでした。

「動議にたいして賛成者なし。満場一致で否決！」

4

「こうなることと思った。」と、バーナードは、同情しながらいいました。バーナードは、ミス・ビアンカを、せとものの塔まで送るために、いっしょに歩いていました。（もう、夕食のテーブルで司会をしているはずだったのですが、ミス・ビアンカが、家にかえりたがっているようすを見ると、彼女をひとりで会議場からかえすのにしのびなかったのです。）

「囚人友の会からは、なんの協力もえられないことはわかっていたよ。」

「あなたからも？」と、ミス・ビアンカは、ため息をつきました。「バーナード、あなたからさえも？」

「そうだ、ぼくからもだ。」と、バーナードは、もうしわけなさそうに、しかし頑強にいいかえしました。「われわれの新婦人議長は、もう少し機転をきかせてもよかったと思うが、ぼくは、いずれにしても彼女に賛成だった。マンドレークを自由にすることは、怪物

を世に放つようなもんだ。きみは、囚人友の会に、彼の立場に同情させようという、気高い、しかし、ぼくにいわせれば、まちがった試みをやったのだ。そして失敗した。だから、ミス・ビアンカ、たのむから、彼のことはわすれ、きみ自身のつかれた神経を休めることと、みんなのまちこがれている詩集に、きみのすべてをむけてくれたまえ。」

ミス・ビアンカは、もう一度、ため息をもらしました。そして、白テンのようになめらかな肩を、ほんのわずかすくめました。

「バーナード、すばらしいご忠告をありがとう。」と、彼女はいいました。「さあ、みなさんが、あなたにスープをさしあげようとまっていらっしゃるわ。」

悲しそうな顔つきで、バーナードは、足早に立ち去りました。ミス・ビアンカは、塔のなかにはいりました。二ひきが、こんなに冷たい別れ方をしたのは、はじめてのことでした。

その夜

闇夜にひとり　身もだえる　囚人あわれ
犯せし罪の報いにて
されど、慈悲に力あれば
悔いあらためし彼をもどせや　日のもとに

もう一つの詩

罪人さみし　改心と自由もとめて
　さしのべし　手さみし
助ける友なく――重荷わかつ
　囚人友の会もなく

M・*B*

囚人友の会の名を、ミス・ビアンカが、詩にうたいこんだのは、これがはじめてでした。

彼女は、少し気分が晴れました。とはいえ、重い気持ちと悩める心のまま、彼女は、ピンクの絹のシーツのあいだに、やすらぎを求めました。

4 ◇◇◇◇◇ 大胆な冒険

1

ミス・ビアンカは、もはや、囚人友の会の賛成をえられなくなったばかりか、バーナードからさえも、協力を拒否されました。ですから、こんどこそ、ミス・ビアンカは、マンドレークの救出をあきらめるだろうと考えるとすれば、それは、早合点というものです。彼女の神経は、とても傷つきやすいとはいえ、白テンの毛皮のような肌の内側では、ほんもののはがねのような心が脈うっていたのです。それは、ビロードの手ぶくろにおさめられた鉄の手のような、などという、つまらぬ比喩ではいいあらわせません。

新婦人議長のことばは、とるにたらなかったとはいえ、バーナードのことばは、ミス・

ビアンカの心のなかに、いくつかの疑問をわかせたようでした。マンドレークが改心するという保証があるのか？　期待できる根拠は？　もし、この前執事が、まえよりも邪悪な心になって牢をでたとしたら——この世に怪物を放つことにならないのだろうか？　このような気になる疑問を考えれば考えるほど、ミス・ビアンカは、単独で行動をおこすまえに、まずこれらの疑問にたいして信頼できる（そして満足できる）答えをぜったい手に入れる義務があると、はっきりわかってきたのでした。

これらの答えをだすことのできるたったひとりの人間は、マンドレーク自身以外にないことは明白でした。

「ゆっくり話し合う必要があるんだわ！」と、翌朝ミス・ビアンカは考えました。けれど、どのようにして彼のもとへ？　「ボーイスカウトたちが、ツタをよじのぼったのだから、」と、ミス・ビアンカは、勇敢にも考えました。「わたくしでも、のぼれないはずはないのでは？」

幸いなことに、彼女は、ちょうどそのとき大使のぼうやがへんとう腺の摘出手術で入院ちゅうだったので、めったにない行動の自由がありました。入院のときは、とうぜん、ミス・ビアンカは、ぼうやについて病院へいきました。――そして、よろこんでぼうやのそばにいるつもりだったのです。けれども、婦長さんが、大公妃の悪意に匹敵するほどの、強い善意から、彼女のつきそいを拒絶したのでした。

「かわいそうなミス・ビアンカ！」と、ぼうやのおかあさんは、かえりの自動車のなかで話しかけました。「せとものの塔のなかでひとりぼっち。さぞや、さみしいことでしょうね！」

もちろん、ミス・ビアンカは、ひとりぼっちでした。でも、そのおかげで、ぼうやのべんきょうの監督をしたり、お遊びのお相手をする必要がなくなったので、またとない行動の自由ができたのです。そのうえ、ぼうやの家庭教師は、まる一日休みをあたえられていたし、ぼうやのおかあさんも、ぼうやがいないので、夕食時に、いつものようにぼうやのべんきょう部屋をおとずれることもありませんでした。ですから、その夜、ミス・ビアンカがいなくなったことに、だれも気づきませんでした。

彼女は、七時にでる最後の郵便自動車をつかまえました。（これまでの経験から、囚人と連絡をとるのは、夜のほうがずっと容易なことを知っていました。そして、ピクニックからの帰途、すっかりものおもいにしずんでいるように見えながら、運転席にはってあった郵便自動車の時間表を、暗記しておいたのでした。）そして、かえりは真夜中になるのを覚悟して、かるい肩かけと、クリームチーズを少しばかりもっていきました。

市街をはずれ、くれかけていく田園を走るのは心地よいものでした。けれども運転手は、もうつかれきっていて、景気をつける気もないらしく、めったに警笛をならしませんでした。おまけに、スピードをだす気もないらしく、スイレン池の古塔が見えだすまでたっぷり時間がかかりました。ミス・ビアンカは、乗り合わせた家路にむかう野ねずみに、もってい た食べものをわけてやりました。――彼の態度があまりにも素朴なので、がつがつした食べっぷりも気になりませんでした。

「おくさん、いつでもいいから、たずねてくんな。それから、おいらや、うちのかあちゃんといっしょに、はらいっぺえ、くいなよ、な！」野ねずみは、うまかったというように、口ひげをなめながら、一生けんめいさそいました。「でもな、おいらが、お祭りでぺてん師にひっかかって、すってんてんにすっちまったこたあ、かあちゃんにゃ、ないしょだよ！」ミス・ビアンカは、ほほえんで、近い将来おじゃましますわ、と応じながら、やっとついた公園の門のポストで郵便自動車をおり、スイレン池にむかいました。そして、最初にであった水ねずみに、魅力的なことばでたのみこんで、古塔の下までボートに乗せてもらいました。

「すぐ、もどります。」と、ミス・ビアンカは、約束しました。

「先週、見かけたばかりだよな。あんたは、おどってるなかで、いちばんきれいだったもんな。」と、水ねずみは、せきをしながらいいました。（水ねずみたちは、商売柄、どうも気管支炎にかかりやすいのです。）「あんたのためなら、いつまでも、またせてもらうよ！」

水ねずみの、かざりけのない親切によろこんだミス・ビアンカは、看守かもしれない気になる物音もしないので、ほがらかな気持ちで、ツタのぼりにかかりました。茎は、じゅうぶん太いし、葉もしっかりついているので、ツタのぼりは、心配していたよりずっとらくでした。窓の鉄格子のあいだをすりぬけるのは、まったく問題なしでした。古塔のある島に上陸してから十分とたたぬまに、ミス・ビアンカは、囚人のそばに立っていました。

2

それは、まぎれもなくマンドレークその人だったのですが、ミス・ビアンカは、わが目をうたがいました。

ダイヤの館でのマンドレークは、ありとあらゆる悪知恵のおかげで、いつでも清潔だったし、ひげもそっていたし、たいへんぜいたくな服装をしていました。――ぴったりとからだにあった黒い上着には、ダイヤモンドのボタンがつき、執事のしるしのくびかざりにもダイヤモンドのかざりがつき、くつでさえ、大公妃がすてた、ダイヤでかざった一対の止め金でかざりたてていました。

それが、いまや、なんという変わりようでしょう！　マンドレークをきらった大公妃は、とうぜん、彼の服から、あらゆる宝石をもぎとってしまいました。上着にボタン一つないのが、いちばん目につきました。ボタンをむしりとられたマンドレークは、ボタンの穴と、服地にじかにあけた穴に、ツタをとおして、上着のまえを合わせていました。止め金のもぎとられたくつも、ツタでむすんでありました。そのうえ、そのむかしのだいじな役目の悲しい思い出のように、枯れたツタで編んだ輪を、くびのまわりにぶらさげていました……。

しかし、こんな身なりの変わりようも、のびきった灰色のかみの毛が、草むらのようなまつげともつれあい、さらに、たれさがったあごひげともつれあう、すさまじい形相にくらべれば、ものの数ではありませんでした。顔は、かみの毛にかくされてほとんど見えず、つきでた鼻の先だけが、かつての面影をのこしていました。みだれたワラ床の上に身をかがめているその姿は、大公妃の残酷な執事だったマンドレークのなれのはてというよりも、森のなかのあわれな世捨人の老人か、スペインゴケのあいだにくちはてている折れた老木のように見えました……。

マンドレークは、でてきたねずみが、ミス・ビアンカとは、まったく知りもしませんでした。知りようもなかったのです。ダイヤの館では、少女が、ミス・ビアンカを、エプロンのポケットに入れて、危険なマンドレークの目にふれさせなかったのですから。

「自己紹介をいたします。」と、ミス・ビアンカは、やさしくいいました。「わたくしは、ミス・ビアンカです。」

するとおどろいたことには、マンドレークが、ちぢこまっておじぎをしたのです。――彼が、ちぢこまっておじぎをするさまを、べつのときに見ていたら、彼女もうれしかったにちがいありません。いまは、とてもよろこぶどころではありませんでした。森の世捨人のような老人をまえにしてミス・ビアンカは、あわれみを感じるだけでした。

「大公妃さまのお使いで？」と、マンドレークは、泣き声でききました。「もちろん、大公妃さまのお使いにまちがいない！　そうでなければ、あんたが、ここにいるはずがない。大公妃さまのためなら、どんなご用でもいたしますと、つたえておくれ。」と、マンドレークは、また泣きました。「たとえ、わしが、夕飯のためにのこしておいた、ほんの少しばかりの食事を食べさせてしまうために、大公妃があんたを送ってよこしたとしてもな！」

マンドレークは、かぎのようにやせ細った両手を、胸のまえでしっかり組み合わせました。――いやらしいおかゆのようなものが半分ほどはいった、きたないおわんを、のびたひげの下にかくそうとしたのです。ミス・ビアンカは、がまんできなくなって、一瞬、目

をとじました。けれども、かるい吐き気がおさまると、身がるにワラの寝床の上にのぼって、マンドレークのそばに立ちました。

「マンドレークさん、」と、ミス・ビアンカは、なぐさめるようにいいました。「わたくしは、大公妃の命令でここへきたのでもなければ、あなたの、なんともおそまつな食事をいただくためにきたのでもありません。どうぞ、信じてください。ところであなたは、なにかのおりに、ねずみの囚人友の会についておききになったことはありませんか？」

囚人友の会はマンドレークのことには、いっさいかかわりたくないと宣言したにもかかわらず、その名まえをミス・ビアンカが、ここでもちだしたそのわけは、責任を、自分ひとりの肩におうことに自信をもてなくなったからでした。責任が、つつしみぶかい女性にはとてもむりだと思われるほど大きくなりつつあったのです。とにかく、囚人友の会の名をもちだしたことは、ききめがありました。マンドレークの表情が、ほんのわずかですが明るくなりました。

「ねずみの囚人友の……？」マンドレークは、ふしぎそうに、ききかえしました。「ずっとまえだが、わしが、まだ世の中にいたころ、たしかに仮出獄者たちが、そんな名まえの会のことをしゃべっていたのをきいたことがあるな。」（なんというれんちゅうとつきあっていたのでしょう、この男は！　と、ミス・ビアンカは、あきれました。）「そうだ、たしかに、不幸なものたちをなぐさめ、友となって、」と、マンドレークはつづけました。「いい仕事をしているってこともな。ということは、あんたは、ほんとに、不幸なマンドレークをなぐさめ、友だちになってやろうと、ここへきたのかね？」

　あわれさに胸をうたれたとはいうものの、ミス・ビアンカは、ここへきた目的をわすれませんでした。

「それは、その人しだいです。」と、ミス・ビアンカは、きびしい口調でいいました。「それから、あなた自身のことを、ジュリアス・シーザー気どりで、第三者みたいに話さないでください。『不幸な』とは、誤って罪を犯した人たちが、自分たちをよぶのにつかうことばです。マンドレークさん、あなたは、ざんねんながら悪人だったのですよ。大公妃に長年仕えたということだけで、あなたが悪人だった証拠です。」

「しかたがなかったんだ！」と、マンドレークは、また泣きながらいいわけをしました。

「まさに、そのとおりです。」と、ミス・ビアンカはいいました。「あなたが若いときに犯した数かずのあやまちのために――ほんとに、それらのあやまちの詳細は、わたくしは知りたくもありませんが――あなたは、大公妃に仕えなければならなかったのです。そのときあなたが、あやまちのつぐないをしていれば、いま、このくちはてた塔にとじこめられ、飢えに泣くことはなかったはずです。――少なくともわたくしは、そう思うのです。」

「自由になってこの塔の外にでることは、わしには、もう、とても、とても、のぞめないんだ！」と、マンドレークは、苦しそうにうめきました。

「いいえ、それさえも、」と、ミス・ビアンカはいいました。「もし、ふたたび自由をあたえられたらどうするかという、あなたの考えしだいです。」

彼女は、マンドレークの顔――というよりも、灰色のかみの毛のあいだから見える顔の部分――を、じっと見つめました。じっと、彼の答えをまちのぞみながら見つめました。心底後悔していることばがでるか、それとも、いぜんとしてくさった心のままか！

長い沈黙がつづきました。

「たとえば、もしできれば、大公妃のおつとめにもどりますか？」と、ミス・ビアンカはききました。

「とんでもない！」と、マンドレークは、うめきました。

「では、なにをするのです？」と、ミス・ビアンカは、たたみかけてたずねました。

「できることなら、孤児院の庭番になりたい。」と、マンドレークはこたえました。

3

ミス・ビアンカは、とてもおどろき、よろこびました。こんな答えは、期待もしなかったけれど、希望をもたせました。彼女は、賛意を、はっきりと顔にあらわしながら、マンドレークに話をつづけさせました。

「まったく、あんたのいうとおりだ。」と、マンドレークは、ことばをつづけました。

「わしは、悪かった。わしは、一生悪者だった。大公妃に仕えていたときが、とりわけひどかった。その気になれば、いくらでもやさしいことばをかけてやれたのに、身のふせぎようもわからない孤児たちを、ことばもかけずに、死ぬまでこきつかったものだ。最後のひとりだけは、どうやら逃げだすのに成功したが――あんたは、なにも知るまいが――」

（ミス・ビアンカは、ほんとのことをいって彼をよろこばせることをおさえるのに苦労しました。）

「――その子の逃亡のせいで、わしはくびになったんだが、その子のまえにいためつけた多くの孤児たちのなみだが、いまだにわしを苦しめるのだ。もし、このわしに、ふたたび自由があたえられたなら、」と、マンドレークは、ため息をつきました。「そして、どこかの孤児院が、わしをひきうけてくれるなら、（給料なんかいらん、おいてくれるだけでけっこう。）その孤児院の庭を、どこの孤児院にも見られないような、花いっぱい、くだものいっぱいの、いちばん遊びやすい庭にしてみせるんだが――」

また、ことばがとぎれました。――まえよりも短いけれど、心の痛む沈黙がつづきました。――だまったままマンドレークは、ほおをつたいおちるなみだを、長い灰色のひげでふきました。ミス・ビアンカの目にも、なみだがうかびました。彼女のひげがふるえ、とんだなみだのしずくが、前執事のツタのくびかざりをかざる最後のダイヤモンドのようにひかりました。

「マンドレークさん、もう、なにもおっしゃらないで！」と、ミス・ビアンカは、声をあげました。「あなたはなぐさめられ、あなたに友がおとずれるだけではありません。あなたは、救出されるのです！」

マンドレークは、たじろぎました。

4

まちがいではありません。彼は、たじろいだのです。興奮したミス・ビアンカの目をさけて、彼は、顔をそむけたのです。ミス・ビアンカは、マンドレークが、よろこびのために、一時的に胸がいっぱいになってしまったのだろうと思いました。こんな境遇におかれれば、まことにとうぜんのことです。けれども、彼が、口ごもりながら、というよりも、低い、絶望的な口調でつぶやいたことばは、彼がそんな心境でないことをしめしました。

「親切は、ありがたいんだが、」と、マンドレークは、口のなかでつぶやきました。「ほんとうに、ありがたいんだが……大公妃のおそろしさを考えてみれば、わしは、このままほっといてもらうのが、いちばんいいんだ。」

「なんですって?」ミス・ビアンカは、思わずさけびました。

「あんたにもわかるとおり、」と、マンドレークは、どうしようもない絶望をおさえるような口調でいいました。「わしを救いだす道はないんだ。四方をかこむかたい大理石の壁には、入口も出口もない。どうせむりなんだが、かりにツタが、わしのからだの重みにたえるとしても、窓が小さすぎて、ぬけだすことはできない。わしを救出するのぞみはないんだ。」

「では、なぜ、鉄格子に、しるしをむすびつけたのです?」と、ミス・ビアンカは、たたみかけてききました。

「まあ、たいくつしのぎだったのだ。」と、マンドレークは、そのわけをいいました。「それがなにかの役に立つとは考えてもみなかった。」

ミス・ビアンカは、マンドレークの心のうちを思いやりました。孤児院の庭番になるという夢は、彼にとって非常にたいせつなことでした。苗木をうえ、果樹園の刈りこみをし、テニスコートの地ならしをするなどと空想することで、彼の理性がよみがえったのかもしれません。けれど、その夢を実行するとなれば、そのまえに直面しなければならない障害が、あまりにも多いために、おだやかないい方をすれば、彼には、実行する勇気がなかったのです。

一瞬、彼女は、いかりにも似た軽べつを感じました。それから、おかゆのはいったうつわを見やりました。

「あわれなマンドレークさん。」と、ミス・ビアンカはいいました。「あなたは、自分自身を、完全なうつ病にしてしまいましたのね。おどろくにもあたりませんけれど。それに、悲しいほど栄養失調です。それにしても、かならず、どこかに、なんらかの入口があるはずですわ！　――入口がなければ、食事を、どうやってうけとるのです？」

「わからない。」と、マンドレークは、ため息をつきました。「とにかく、くるんだ。」

「そんなばかな、」と、ミス・ビアンカはいいかえしました。「帽子からとびだすウサギや、木からおちるリンゴじゃあるまいし。おまけに、そのどちらも、料理したものではありません。食事が、いつのまにかくるなんてことはありえません。あなたがもっているそのおかゆは、ひどいものですけれど、とにかく、料理してありますのよ。ですから、だれかが、はこんできたものにちがいありません。」

「だが、わしは、はこんでくるものの姿を一度も見たことがない。」と、マンドレークはいいました。「わしは、うつわをからにしてから、夜ねむる。そして、朝、目をさますと、うつわには、おかゆがはいっている。わしの考えでは、大公妃の魔法だと思うんだ。」

ミス・ビアンカは、とてもふゆかいになりました。彼女は、なによりも魔法などというものを信じていなかったからです。彼女は、魔法を信じるには、あまりにも理性的だったし、教養がゆたかだったのです。空中からおかゆがでてくるなんていうことは、彼女にとっては、まったくばかげたことでした。

「マンドレークさん。」ミス・ビアンカは、きっぱりといいました。「今夜、あなたは、おきていて、見はるのです！」

「わしには、できん。」と、マンドレークはうめくようにいいました。「はじめのうちは、やってみたんだが、一度もおきていられなかった。それも、大公妃の魔法にちがいない。」

「ナンセンスです！」と、ミス・ビアンカは、彼の気をひきたてるようにいいました。「くりかえしになりますが、栄養失調のせいです。フランスでは『眠るものは、飢えをわすれる』といいますわね！　もう一度、やってごらんなさい。」

「あんたがそんなにいうんなら、やってはみるがね。」と、マンドレークは、ため息まじりにいいました。「まず、むりだろうね。」

ミス・ビアンカにも、彼には、とてもむりだろうということが、わかってきました。マンドレークは、もう、いねむりをはじめたのです。おかゆのうつわが、手からおち、ころがっていきました。それとともに、やせおとろえ、たいぎそうな、マンドレークのからだが、一刻一刻、ワラ床の上に、平たくしずんでいきました。みじめなマンドレーク！

――希望をもつすべもなく、自分をはげます力もないわ！　しかし、ミス・ビアンカは、もしかしたら庭番になるかもしれないマンドレークを見すてようとはしませんでした。

「わたくし自身が、ここにとどまり、」ミス・ビアンカは考えました。「見はりをする以外には方法がないわ。」

5

◇◇◇◇◇

なりゆき

1

幸いなことに、ねずみたちにとって、夜おきているのは、やさしいことでした。ねずみたちは、生まれつき、夜のほうがいきいきとしてくるし、頭もさえてくるのでした。ミス・ビアンカにとっても、注意ぶかく見はることや、一晩じゅうおきていることは、なんの苦にもなりませんでした。塔の下では、忠実な水ねずみが、まちつづけていました。郵便自動車の時間までに彼女がもどらなければ、早朝の牛乳配達車があるからなと、彼は考えていました。けれども、ミス・ビアンカは、マンドレークのいびきには、なやまされました。

塔の外でふきはじめた風が、ツタをふきぬけながら笛のような音をたて、そのかん高い風音に、前執事の毛むくじゃらの鼻からもれるいびきがこだまして、ミス・ビアンカの耳をうちました。彼女は、両手で耳をふさぎましたが、あわてて、その手をおろしました。どんなささいな音でも、ききもらしてはたいへんと思ったからです。

なにかに一生けんめいになって、気をまぎらすために、ミス・ビアンカは、周囲の壁を、一つずつ、注意ぶかくしらべはじめました。

「なんらかの入口が、ぜったいあるはずよ。」と、彼女は、自分にいいきかせました。「建築のことを、もっとよく知っておくべきだったわ。」

とはいうものの、建築のことは、まだ、ぼうやのべんきょうには入っていませんでしたし、彼女にしても、自分ひとりでべんきょうしようと考えたこともありませんでした。ほかの社交や文化活動のためにいそがしくて、とてもそんな時間はありませんでした。

そこで、夜のふけるのをまつあいだ、彼女は、詩を書きました。

マンドレークの古塔で

マンドレーク！　かつては、おそろしき　その名よ。
いまや、その名も、いかりの的よりも、あわれみこそ　ふさわし。
いかにわれ、そなたを立たせ、
孤児院の庭に、みちびかん。

M・B

彼女が、最後の一行をどうやら書きおえようとした、ちょうどそのとき、彼女の予想の正しさが、劇的に証明されたのです。一枚岩と見えた壁が、とつぜん二つに割れて開きはじめたのです。

2

二枚の巨大な大理石の厚壁が、音もなく、左右に開いたのです。ミス・ビアンカは、マンドレークが目をさまさなかった理由は、これだと思いました。――壁を動かしたのは、魔法の力だとは思いませんでした。むしろ、だれか知らないが、それをつくった頭のよい建築家の仕事に感心しました。大公妃と、先代の、故ティベリュース大公が、国じゅうでいちばんすぐれた建築家たちをやとっていたことは、よく知られていました。ふたりは、用がすんだあとで、彼らのくびをはねてしまいました。

ミス・ビアンカは、この世の生き物とは思われない、足のまがった小人を思わせるような男が、鉄なべをぶらさげ、背をかがめてはいってきても、おじけづきませんでした。それどころか、その男は、大公妃のところにいた、前科者の馬丁のひとりであることに、たちまち気がつきました。（大公妃の屋敷ではたらいているものは、ひとりのこらず、なんらかの犯罪者でした。）その男は、床にころがっているマンドレークのうつわに近づきながら、にたりとわらいました。にたりにたりわらいながら、よごれたうつわをぬぐおうともせず、もってきたおかゆをつぐと、きたときとおなじように、すばやく、音もなく去っていきました。

しかし、ミス・ビアンカは、それよりもすばやく動きました！　二つに割れた壁が、合

わさるより一瞬早く――彼女のしっぽが、とじる壁にふれるほどのきわどさで――ミス・ビアンカは、その男のあとにつづきました。どのようなしかけで、また、どのような重しの組み合わせで、壁が動くのか、たしかめるひまもなく、彼女は、かろうじてあとにつづきました。――塔の厚い壁の内側につけられた、せまいらせん階段を、どこまでもくだり、くだりくだって、ついに、ミス・ビアンカと、まぬけな案内人は、地上にある、せまい、悪臭のたちこめる部屋にでました。

たぶん、そこは、塔が、まだまともな要塞の一部だったころの、番兵の部屋だったのでしょう。でも、いまは、最低の安宿の部屋のようなありさまでした。床の上には、よごれた毛布がしきっぱなし、あちこちに、あきかんがころがり、夏のあつさだというのに、火ばちからでるむっとするような炭火の臭いが、部屋じゅうに、たちこめていました。そして、なかみのとびだした馬の毛織りの長いすの上には、番兵とはとてもいえない、見るからに浮浪者風の男が、ごろりと横になっていました。

ミス・ビアンカは、この男は、大公妃の馬丁のふたりめだと、すぐ気づきました。

「おつとめは、すんだかよ、ジョージ?」と、その男があくびをしながらききました。

「あいよ、おつとめは、おすみだとも。」と、相棒が、にたりとわらいました。「明日は、そなたの番だぞえ、ジャック！」

「へい、ありがたき幸せで。」と、ジャックとよばれた男が、不満たらたらにいいました。「大公妃さまは、またとねえお仕事をくだされたもうたと！　――よう、ところで、茶の葉っぱは、入れてきたかよ、ジョージ？」

「あいよ、つめのけずりくずをな！」ジョージは、にたりとわらいました。

ミス・ビアンカはふるえました。彼女は、マンドレークが、大公妃の馬丁たちを、どんなにひどくこきつかったか知っていても、なおかつ、ふるえました。

「あのじじい、よくもまあ、もちこたえるもんだ。」と、ジョージは、たのしむようにいいました。

「長もちするほどけっこうじゃねえか！」と、ジャックがわめきました。「じじいが、飢え死にしなきゃあしねえだけ、おめえとおれはよ、ただめしが食えるってわけよ。まあ、じじいが逃げだす心配はねえからよ、たっぷり、ねむれるってものよ。」

「そうは問屋がおろすものですか！」ミス・ビアンカは、心のなかでさけびました。「いまにみてらっしゃい！」

けれども、その瞬間には、なにもできないことはあきらかでした。そして、むっとした部屋の空気は、いまにも彼女をちっ息させそうでした。しかし、幸いなことに、ツタをつたっておりる必要はなくなっていました。ドア枠の下をすりぬければよかったのです。

——そして、すぐ外に、せまい歩道が、池のいちばん近い岸までつうじていました。

「かわいそうな水ねずみさん！」ミス・ビアンカは、良心にとがめられながら思いました。「必要以上に長くまたせてしまって。」けれども、水ねずみがかならずまっていてくれると信じていた彼女は、小走りに、塔の根もとをまわりました。思ったとおり、水ねずみはまっていました。

「おゆるしになって！」と、ミス・ビアンカは、あやまりました。「思いのほか手間どってしまったものですから！」

郵便自動車は、数時間まえにいってしまいましたけれど、早朝の牛乳配達車を、つかまえることができたので、彼女は召使いが、朝ごはんをはこんでくるまえに、せとものの塔にかえりつくことができました。——そして、だれも、一晩彼女がいなかったことに気づ

きませんでした。

ただし、バーナードをのぞいては。

3

バーナードは、ミス・ビアンカが、まだ、朝のコーヒーをすすっているあいだにやってきました。ミス・ビアンカは、バーナードが、門の鈴をあんまりはげしく鳴らしたので、鈴のひもをひきちぎって、手にもってはいってくるのではないかと思いました。（バーナードは、鈴をさんざん鳴らしたあとで、召使いが、門の戸をしめわすれていったことに気づいたのです。）

「まあ、バーナード、どうしたというのです！」彼女は、ほほえみながら、大きな声でききました。「会議場が火事にでも？」

「ちがうんだ！」と、バーナードはさけびました。

「では、おはようございます。」と、ミス・ビアンカはいいました。「コーヒーを、一ぱいいかが?」

「おはよう! ぼくは、けっこう!」バーナードは、大声でいいました。「ミス・ビアンカ、きみは、どこにいたんだ?」

「あら、いつのことですの?」ミス・ビアンカは、とぼけてききかえしました。

「ゆうべだ。」と、バーナードは、少しおちついていいました。そして、ひたいをハンカチでふきました。「ぼくは、ちょうど一時ごろ、きみのところへきたんだ。だが、鈴を鳴らしても返事がないので、パーティーでもおこなわれているのかと思って、ぼくは、まった。」バーナードは、なじるようにいいました。「三時十五分まえまでまちつづけたんだ。」

「あら、ご存じのはずなのに。」と、ミス・ビアンカはいいかえしました。「外交官関係のパーティーは、かならず真夜中まえに終わりますのよ。バーナード、あなたは、まさか、わたくしが、殿方だけのパーティーにでもまねかれたとでも?」

けれども、彼が、真剣に心配していたようすをまえにして、ミス・ビアンカは、冗談をいうのをやめました。このまえ、冷たく別れてからのことだけに、彼の気づかいをうれしく思いました。ミス・ビアンカは、バーナードを、心からたいせつに思っていたので、彼と仲なおりすることは、ほんとうに幸せなことでした。それと同時に、彼の気持ちを思いやれば思いやるほど、ゆうべの行動については、かくそうとしてしまうのでした。彼は反対するにきまっているし、また、心配するにきまっています。そこで彼女は、留守にしてすまなかったとだけいって、あやまりました。

そういったのさえ、ミス・ビアンカにしては、正直ではありませんでした。「留守にする」という、いい方自体、正直でない感じをふくんでいるのです。このいい方は、ほんとうは家にいるのに、訪問客にわずらわされたくないという意味でもあるのです。しかし、こういういい方をする習慣はゆるされてもいるのです。ですから、ミス・ビアンカは、せともの の塔のなかにいたんだと思わせて、バーナードを安心させてしまったのです。事実は、その逆でしたから、それこそ正直ではなかったのです。

「きみが、早く寝てしまったのに、呼び鈴など鳴らしてめいわくだったろうな。」と、バーナードは、ほっとしたようすを見せながらあやまりました。

「いいえ、なにもきこえなかったのよ。」と、ミス・ビアンカはいいました。――また、正直ではありませんでした。「さあ、コーヒーをめしあがってくださるわね。」

バーナードは、ゆっくりしたいのはやまやまだったのですが、約束があるので、すぐにいかなければなりませんでした。ミス・ビアンカも、彼の気づかいが、とてもうれしかったけれど、バーナードが、すぐ去ったのを見てほっとしました。考えなければならないことが、山ほどあったからです。

4

どんな場合でも、囚人を救出するというのは、それだけで困難なことです。しかも、囚人が救出されたくないという場合には、救出作業は、はるかに困難になります。

「ああ、かわいそうなマンドレーク!」ミス・ビアンカは思いめぐらしました。「おく病で、良心に、きびしくせめさいなまれているマンドレーク! 彼のために、なにをすればいいのかしら?」

彼女は、長いすに身をよせて、じっと考えこみました。

「あきらかに、長い年月かけて栄養失調になってしまっている。」ミス・ビアンカは、彼のようすを思いかえしました。「肉体ばかりか神経もふくめて、すっかりおとろえてしまっている。このさい、第一にやるべきことは、彼に、栄養のある食事を食べさせて、からだに力をつけ、勇気を、とりもどさせることだわ。」

これは、ほんとうに合理的な思いつきでした。しかし、いぜんとして障害だらけです。──たとえば、見はりの厳重な古塔へ、どうやって栄養のある食べものをはこびこむのか。

「ビタミン剤ひとそろいが、役立つかもしれないわ。」と、ミス・ビアンカは考えました。錠剤ならば、小さいので郵便で送ることができます。けれども、看守たちが、マンドレークが郵便を受けとることを、まずゆるすまいと、彼女は思いました。それに、もし、ジョージとジャックが、錠剤を横どりして、自分たちで、食べてしまったら──あのふたりが、ますます強く、ますます悪がしこくなってしまうのでは？　賄賂をおくってふたりを買収する可能性も、まずなさそうでした。マンドレークがとらわれているかぎり、彼らには、年金がでているようなものですから。

「ただ、あのふたりの見はりには、ぬけたところがあったわ。」と、ミス・ビアンカは考えました。「マンドレークが、窓につけた合図に気づかなかったし、わたくしが、ツタをよじのぼったのにも気づかなかった。でも、あのときは、暗かったし、足音をしのばせて行動したから気づかれなかったとしても、まっ昼間、ボーイスカウトたちの一団が、のぼったときにさえ、気づかなかったわ！」

このように思いかえしているうちに、気が休まったばかりか、一つの方法を思いつきました。ミス・ビアンカは、とてもつかれていたので、その方法を、すぐに、じゅうぶん検討することはできませんでしたけれど、少なくとも、そのおかげで、ぐっすりと、長いねむりにつくことができました。彼女には、睡眠が必要でした。

6 ◇◇◇◇◇ ボーイスカウトたち

1

もし、物好きな観察者がいたならば、そののちの数日間、ミス・ビアンカが、囚人友の会のボーイスカウトの一団に、異常ともとれる興味をしめしていたことに気づいたでしょう。——町のねずみたちは一ぴきのこらず物好きだったのですが、ミス・ビアンカが、公にあまりにも有名だったので、婦人議長の名誉ある地位を去ったのちにも、たいして価値のない仕事に奉仕してくれることを、ほとんどのねずみたちは、気にもかけずにいたのです。

ただ母親ねずみたちだけは、囚人友の会のボーイスカウトのことを、とても気にしていました。彼女らは、ボーイスカウトたちは、どちらかといえば、ろくでなしの集まりで、全員あわせても六ぴきしかいないときかされていました。

こういううわさがたってしまったのも、むりのないことでした。優秀だった最初のスカウトマスターは、よそへ移住してしまい、二番目は、不運にも、イタチにやられ、三番目は、なんとなくやめてしまったのです。――そして、それ以来、スカウトマスターは、後任がきまっていませんでした。それというのも、会議場の議題で、「スカウトの件」は、いつでも最後でしたし、とりあげられた場合でさえ、定足数不足で、なにも決定されなかったからです。ただ、シャーンという名まえの、アイルランドの混血の若者ねずみが、自分からすすんで、ボーイスカウトたちのまとめ役をやっていました。

ミス・ビアンカは、日曜日に、教会のまえでスカウトたちの閲兵をしたばかりでなく、――ボーイスカウトにとっては、もう何か月ぶりかの、教会まえの分列行進でした。――古い油のあきかんのみすぼらしい司令部を訪問したり、卓球大会の賞品をだしたりしました。そのうえ、シャーンを、自分のせとものの塔へ、お茶に招待したのです。

これは、ちょっとしたさわぎをまきおこしました。シャーン自身も（アイルランドの混血ですからその気質からいっても)、たいへんきまり悪そうでした。半分ほどのびただけのひげを、ポマードでひからせ、からだじゅうを、たんねんに、くしでなでつけてやってきました。彼の母親は、朝の時間の半分もかけて、制服の腕につけるたくさんのバッジを、新しいものとすっかりつけかえ、だれも彼の勲功をたしかめないのをいいことに、二つばかり、彼がつける資格のないバッジもつけてやりました。すっかり身仕度がすむと、シャーンは、とてもハンサムな青年になり、ミス・ビアンカの、かの有名な住まいにふさわしいような気さえしていました。

ミス・ビアンカは、彼のようすを見たとたん、まずはじめにやることは、くつろがせることだと思い、ポークとビーフのレバーペーストをたっぷりつけたトーストを一枚、その手にもたせました。シャーンは、なみだをうかべて感激しました。つづけて二、三枚トーストをすすめられて、(もちろん、それをえんりょすることは、彼の誇りがゆるしませんでした。)若者シャーンは、やっと、くつろいだようすですわりました。

「まあ、たくさんバッジをもっていらっしゃること!」と、ミス・ビアンカは、腕のバッジを見ながらいいました。「一つは、『わなの発見』のお手柄のためね。それから、『ね

こ追放』が二つあるのね！」（シャーンは、母親がもっと気をつけてくれればよかったのにと思いました。『ねこを回避』というのが、彼のあたえられたバッジのはずでした。）
「えーと、それから、クロスカントリー・マラソンの参加章もあるのね！」と、ミス・ビアンカは、バッジをほめつづけました。このバッジのすべてを考えだしたのは、ほかならぬ彼女自身だったのです。「ほんとに、これほどりっぱな指導者がいらっしゃるのに、友の会のボーイスカウトは、どうして、そんなに人数

が少ないのかしら？」

「友の会は、ボーイスカウトに興味をもっていないのであります。」と、シャーンは、こたえました。「理由は、ただそれだけであります。あなたの、送別ピクニックの機会に、一度だけ、われわれは、協力を依頼されただけであります。」

「でも、あのときは、あなたがた、ほんとに役立ちましたことよ。」と、ミス・ビアンカは、はげますようにいいました。「スイレン池の上の塔を、きれいにしてくださったのですもの！」

「はっ、あんなことは、なんでもありません。」と、シャーンはいいました。「団員たちは、訓練のつもりで、異常なほどよろこんでやりました。あのようなことを、もっとやらせていただければいいんですが。テントの下で一晩のキャンプもやらずに、もう長い夏休みが終わろうとしています。」

「まだ一週間あります。」と、ミス・ビアンカは、考えぶかそうにいいました。「キャンプをすることはふくまれませんけれど、あなたのボーイスカウトたちは、もう一度、塔にのぼってくださる気があるかしら？」

「のぼる気があるかですって？」と、シャーンはいいました。

「定期的にでも？」と、ミス・ビアンカは、かさねてききました。「たとえば、一週間、毎日でも？」

「一か月でもやります！」と、シャーンはいいきりました。

「でも、一か月はむりね。」と、ミス・ビアンカはいいました。「みなさん、学校がはじまるでしょ。でも、たとえ一週間でも、みなさんの協力がえられるのなら、そのつぎにだいじなのは、みなさんに秘密を守っていただくことなの。」

2

ボーイスカウトにとって、――とりわけ、アイルランドの混血のボーイスカウトにとって――なによりも好きなことは秘密を守るということです。シャーンの両目は、約束を守る熱意で、火のようにかがやきました。半分のびたひげが、熱情でふるえました。シャーンは、三回くりかえして、秘密を守ることをちかいました。ミス・ビアンカは、計画を説明しなければならないので、彼がちかいをくりかえすのをやめさせるのにひと苦労しました。彼女は、少ない、しかし、よく選ばれたことばで、計画を説明しました。

その計画は、マンドレークに力をつけるためにボーイスカウト全員が、一粒ずつのビタミン剤を、ナップザックに入れて、毎日一回、塔にのぼることでした。ミス・ビアンカは、前執事のあわれな状態を考えれば、一日に六錠のビタミン剤は、けっして多すぎるとは思いませんでした。また、ビタミンが、彼のからだの調子をととのえてくれると同時に（彼女の関心が、たんなる空さわぎでないことをしめす意味でも）、なかまが定期的におとずれることで、彼の気持ちをはげますことができると信じました。一週間の終わりには、マンドレークのからだのなかに、四十二錠のビタミン剤がはいり、もしかしたら彼は、キャンプファイヤーの歌なども口ずさむようになり、自由への宣言をする気持ちができるかもしれません！

けれども、彼女は、自由への宣言の部分は、シャーンにはなにもいいませんでした。というのも、計画のその部分は、かならず危険がともなうので、ボーイスカウトたちの母親のことを考えれば、少年たちは参加すべきでないと、ミス・ビアンカは、心にきめていたからでした。そこで、計画をたんなる少年向きの福祉事業の一種であるように話しました。それでさえも、シャーンをよろこばせました。ついに、訓練の機会があたえられたからです。そればかりか、友の会には秘密をたもつことという、ミス・ビアンカのくりかえしの忠告は、いやがうえにも、彼を興奮させました。

「もし知らせてしまえば、」と、シャーンは、わが意をえたりとばかり、うれしそうにいいました。「友の会は、われわれボーイスカウトに協力させてくれるはずがありません！」

「友の会に知らせないという理由は、」と、ミス・ビアンカは、いそいでいいたしました。「この特殊な福祉事業は、もし知らせれば、ただでさえ多すぎる計画をもっている友の会にむりをさせ、むだな心配をかけてしまうということだけです。」（彼女は、前婦人議長として、友の会に誠実であらねばならなかったし、事務局長のバーナードとの長い友情を傷つけたくありませんでした。）「その理由さえなければ、あなたがたの気高い奉仕は、友の会の大きな誇りとなるべきものなのに。」

「ああ、それを、あの世話やきにいってもらいたいもんです！」と、シャーンは、気らくにいいました。「ぼくも総会にでていたんです。新しい婦人議長が興味をもっていたのは、例の一、二、三、ばかりじゃなかったですか！」

彼のことばで、ミス・ビアンカの心は、とてもあたためられました。自分が思う以上に他人の幸せを願う考え、そして、マンドレークにたいする強いあわれみの情を、ほかのねずみたちにのぞむのはむりとしても、少なくとも、自分とおなじほど熱意あるものを、みつけたのです。必要なのは、その熱意を、ほどよくおさえることだけでした。

「みなさんは、夏休みの最後の一週間を、毎日、朝から晩まで、家をでたっきりではいけません。」と、ミス・ビアンカはいいました。「(昼食後の)二時の郵便自動車に乗り、四時四十分の郵便自動車でかえり、お茶の時間には、家にいること。さらに、ボートをたのむ必要はありません。塔の反対側に、歩道があります。くれぐれも水に近づかないように！」

シャーンは、彼女の指示にすべてしたがうことを約束すると、ツグミのように、風をきってでていきました。

3

ミス・ビアンカは、大使の浴室の薬戸棚のなかからビタミン剤をちょうだいしました。大使のおくさん、つまり、ぼうやのおかあさんは、大使が、ビタミン剤を、まるで食事がわりのようにたくさん飲むので、いつも、もんくをいっていました。ですから、ミス・ビアンカは、なんのためらいもなく、四つ五つばかりの小びんを、半分ほど空にしました。あるものは、神経にきき、あるものは、血行をよくし、あるものは、一般的な疲労回復によしと効能が書いてあり、そのどれもが、偶然にもマンドレークの回復に、必要なものばかりだと、ミス・ビアンカは思いました。

こわれた油かんの司令部に集まった囚人友の会ボーイスカウト連盟に、ミス・ビアンカが、第一回目のビタミン剤をわたすさまは、ちょっとした見ものでした。舞台づくりにすぐれた才能をもつシャーンは、その場にふさわしい儀式を仕組んでみせました。スカウトたちは、一ぴきずつ（糸巻きの上に立った）ミス・ビアンカの前にすすみでて、敬礼をし、握手をし、ビタミン剤をうけとり、もう一度敬礼をしました。ボーイスカウトたちがいっせいに、ビタミン剤を、ナップザックにしまいこむと、シャーンの先導で、ミス・ビアンカは、一ぴきずつ点検してまわりました。

ボーイスカウトたちは、すっかりはりきっていました。

「では、淑女にたいしてばんざい三唱！」と、シャーンはさけびました。

「ばんざーい、ばんざーい、ばんざーい！」と、全員でさけびました。――声変わりがしていないわりに、とても大きな声で唱和しました。――ミス・ビアンカは、ボーイスカウトたちのからだの毛さえ、じゅうぶんはえそろっていないのを見て、一瞬、不安をおぼえました。でも、彼女が彼らにたのんだのは、ツタをのぼることだけですし、すでに、事故なしに一度やってのけたことなのです。

「感謝いたします。」と、ミス・ビアンカは、優雅にいいました。「わたくしにたいするみなさんの親切ばかりでなく、わたくしたちねずみなら、だれの胸にも秘められた気高い動機にもとづくみなさんのやさしい行為にたいして、感謝いたします。」そこで、彼女は、声をおとしてつけくわえました。「シャーン、全員、お茶の時間までにもどるように心し

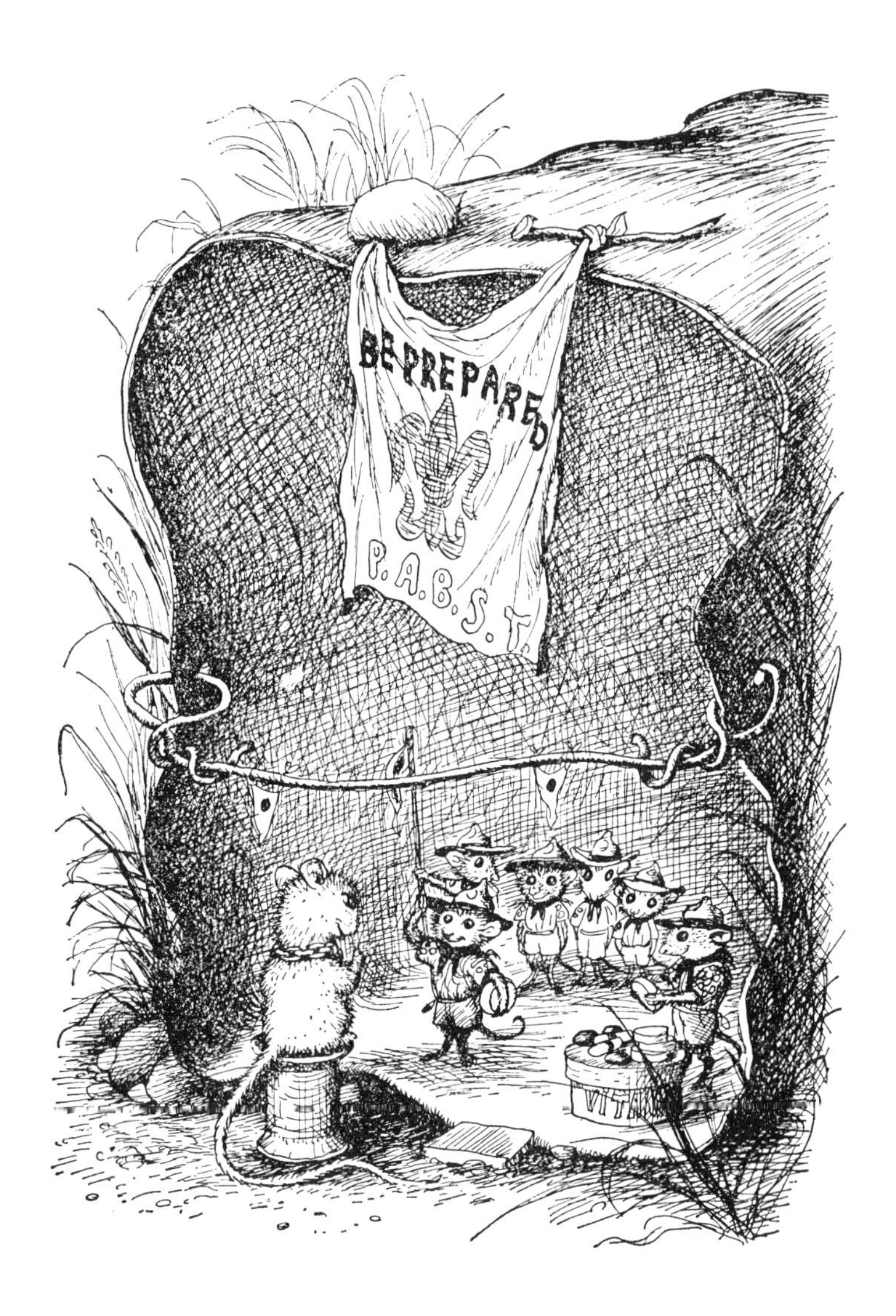
BE PREPARED
P.A.B.S.T.

てください。あなたは、わたくしのところに報告にきてくださいい。」

そこで、スカウトたちは、いっせいにときの声をあげ、一列縦隊になって出発しました。

4

ミス・ビアンカ自身も、その日の午後を、むだにすごしませんでした。かりにひとりの囚人が自由をあたえられたとしても、適当な仕事と、適当ないき場所がなければ、救出する意味がほとんどありません。孤児院の庭番になりたいというマンドレークの希望は、この二つの点から考えて理想的でしたが、それだけに、彼の奉仕をうけいれてくれる施設をどうしてもまえもってみつけておかなければなりませんでした。交渉してみる価値のある孤児院が、一つだけありました。町の中心部にある大きな陰気な建物でしたけれど、少なくとも、そこには八十アール*の庭がありました。彼女は、さっそく訪問してみました。そして、すぐに感じのよいモグラと会話をはじめました。

「なんとすてきな果樹園ですこと!」と、ミス・ビアンカは、声をあげました。(彼女と

モグラは、古いリンゴの木の下でいました。)「でも、どの木も——なにもわからないくせにごめんなさい！——少しばかり刈り込みが必要ではございません？」

「ほんまに、」と、年よりのモグラがいいました。「刈り込みしてやらんといかんわなあ！」

ミス・ビアンカは、細長い花壇のほうに歩みよりました。

「まあ、多年生のお花の色の、なんとあざやかなこと！——でも、秋にそなえて、」と、ミス・ビアンカはいいました。「もう、刈りとってしまったほうがよろしいものが、おありのようですわ。」

「そうそう、おおせのとおりじゃ！」と、年よりのモグラは、彼女のあとを、小走りに追いながらいいました。モグラは、ミス・ビアンカの美しい毛皮にすっかり魅せられていました。なめらかなモグラの毛よりもきれいなのです。

「まあ、テニスコートも、おありなのね！」と、ミス・ビアンカは、声をはずませました。「ほんとに、すてきな場所にありますわ。ここの子どもたちにとって、大きなよろこびでしょうねえ！　――でも、もう少しローラーをかけたほうが、よろしいのではないかしら？」

ここでミス・ビアンカは、たいへんきわどいことをいってしまったのです。というのも、モグラの種族は、有名なウィンブルドンのセンターコートでさえ、いくつかモグラ塚をもりあげたほうが、より美しくなると考えているのですから。でも、この年よりモグラは、孤児院に長いこと住みついていたので、孤児の立場から、ものを見るようになっていたことが幸いでした。

「ほんまに、そうじゃ。」と、モグラは賛成しました。「かわいそうなちびさんどもは、ボールが、とんでもない方向にはずむので、時どき、自分のラケットで、目のまわりに黒いあざをつくっちまうこともあるんじゃよ。でもな、おくさんや、ここじゃあ、手がたりませんのじゃよ。」

「まあ！」と、ミス・ビアンカはいいました。

「院長さんのいいなさるには、もののわかった庭師は、やといきれねえとな。」と、なげかわしそうにいいました。「なんにもつけねえパンでも、ずいぶん高いもんだとか。わしのいいてえのは、果樹園の木を、じゅうぶんめんどうみてやりさえすりゃあ、リンゴジャムぐらいたっぷりつけてやれるんじゃねえかってことです。」

「では、その人の背景はどうあろうとも、」と、ミス・ビアンカはいいました。「お給料なしの良心的な庭番なら、ここで歓迎されますわね？」

「あんた、もし、そんな人がいればねえ。」と、モグラは、ねがうようにいいました。

「そりゃもう院長さんは、背景どころか前景も気に入るにちがえねえですよ！」

「そのお話をきいて、わたくしもほっといたしましたわ。」と、ミス・ビアンカはいいました。「貴重な時間をおじゃましましたこと、どうぞおゆるしくださいな。」

＊　アール――面積の単位。一アールは百平方メートル。

7

◇◇◇◇◇

良い指導者と悪い指導者

1

「ほんとに、すべてが、とてもうまくいっているわ！」と、ミス・ビアンカは考えました。

毎晩、シャーンは、時間どおりにせとものの塔にやってきて、全員ぶじにお茶の時間までにもどっていると報告してくれました。（「子どもたちが午後いっぱいいないのだから、」と、ミス・ビアンカは、心配してきいてみました。「母親たちが、さびしがっていないかしら？」けれども、シャーンは、どの母親も、かえってひと月ほど若返ったように見えるといいました。）シャーン自身はといえば、ミス・ビアンカが、最初にあったとき、ポークとビーフのレバーペーストつきのトーストをごちそうしてからというものは、どうも、尻をすえてしまう性向を見せはじめました。（彼女は、こんどは、シュリンプのペーストをつけたトーストをすすめたのですが、シャーンは、自分の好みは、レバーペーストだといわんばかりに、そちらを要求したのでした。）シャーンは、マンドレークが、日ましに回復しつつあり、ビタミン剤を、がばがば、飲みこんでしまうことも報告しました。

ミス・ビアンカは、シャーンが俗っぽいことばをつかいましたけれど、この報告を、とくによろこびました。というのも、マンドレークが、病人特有の心理状態から、ビタミン剤を、大公妃から送られた毒薬かもしれないとうたがうことを心配していたのでした。シャーンは、囚人友の会の名を口にしたとたんに、彼は信じたようだったと報告しました。

「最初の二粒ばかりは、少しばかり不安そうに飲みこんでいたけれど、」と、シャーンが、真相をのべました。「でもいまでは、つぎのがくるのをまちきれないみたいです。」

「ききめがあるようかしら？」と、ミス・ビアンカは、たたみかけてききました。

「見ちがえるばかりですよ。」と、シャーンが、安心させるようにいいました。「もし、いま、あなたがごらんになったら、ギリシャ神話にでてくる力持ちのヘラクレスかと思う

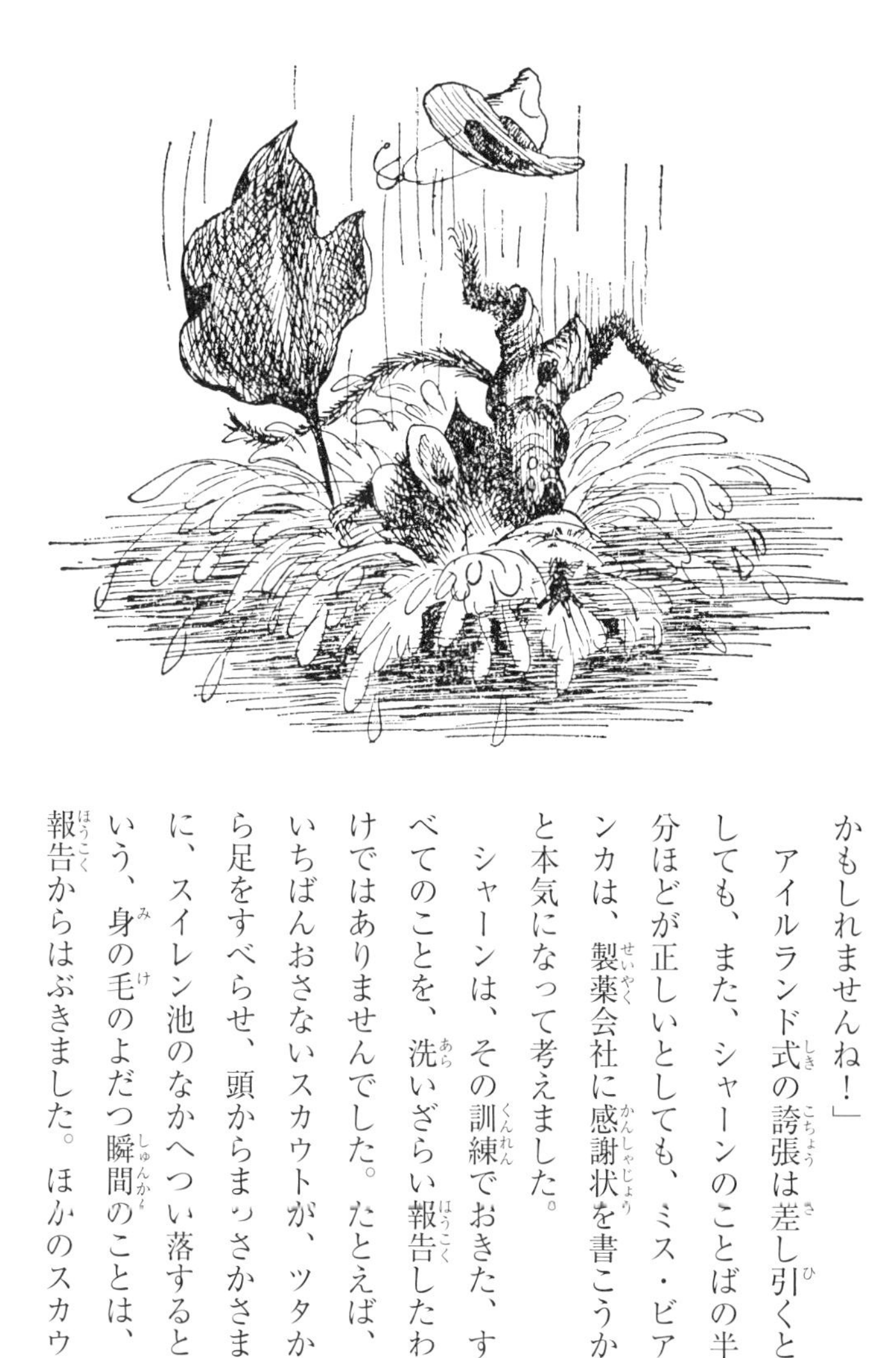

かもしれませんね！」

アイルランド式の誇張は差し引くとしても、また、シャーンのことばの半分ほどが正しいとしても、ミス・ビアンカは、製薬会社に感謝状を書こうかと本気になって考えました。

シャーンは、その訓練でおきた、すべてのことを、洗いざらい報告したわけではありませんでした。たとえば、いちばんおさないスカウトが、ツタから足をすべらせ、頭からまっさかさまに、スイレン池のなかへつい落するという、身の毛のよだつ瞬間のことは、報告からはぶきました。ほかのスカウトたちは、この事件を、とてもよろこびました。はじめに救助、それから人工呼吸という訓練のまたとない機会となったのです。スカウトたちは、腕につけるバッジが二つふえることを期待しました。（シャーンは、その場で、スカウトたちに、バッジをあたえました。）おちた子ねずみの、ナップザックのなかでビタミン剤がとけてしまい、それをチューインガムをつかって、なんとか形をつけなければならなかったとはいうものの、子ねずみ自身は、どうということもありませんでした。

また、シャーンは、おなじように身の毛のよだつ、コウモリとの出会いについても報告しませんでした。窓だなの下にさかさまにぶらさがったまま、ぐっすりねむりこんでいた、この奇怪な生き物と遭遇したのは、ほかならぬ彼自身だったのです。シャーンは、これまで一度も、コウモリを見たことがありませんでした。当惑させられるほど、自分たちねずみの種族に似ているのに、つばさがついていたのです。彼は、びっくりして、おさないスカウトとおなじように、池のなかにおちそうになりました。――手をすべらせ、からだは、ずりおちたのに、とくにあつくしげった葉のしげみに、かろうじて助けられました。あとにつづくスカウトたちは、隊長が、とつぜんおちはじめたので肝をつぶし、先をあらそっ

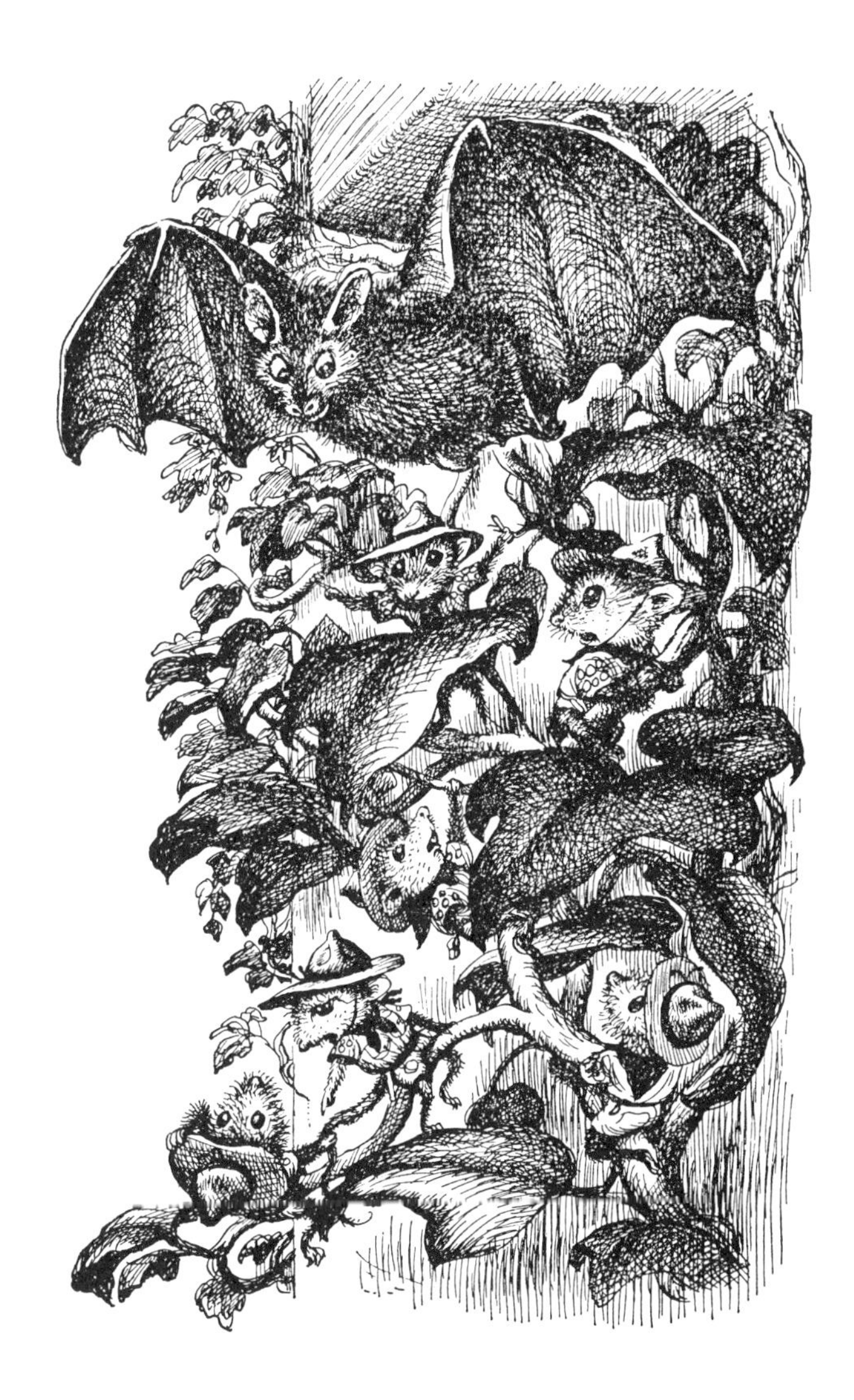

て、ツタをおりはじめました。完全な敗北をさけるために、シャーンは、決然と立って、コウモリに、どけと命じました。するとコウモリはコウモリで、自分の種族とそっくりなのに、つばさのない相手の姿におどろいて、金きり声をあげながら、なれない昼間の明るさのなかに、とびだしていきました。スカウトたちは、全員、幽霊を見たのだと思いました。（かわいそうなマギーおばさんが、天使になったのだ。）そして、幽霊について口ぐちに話しあっているうちに、シャーンのふりまわした手が、なかまのひとりを、目のふちにあざができるほどなぐりつけてしまいました。

このように、シャーンがミス・ビアンカに報告しなかった、いくつかのあぶないできごとがあったのです。それにしても、スカウトたちは、なんらかの冒険をしたあとで、かならずお茶の時間には家にかえり、マンドレークは、毎日、正確に、ビタミン剤六錠ずつをうけとっていたのですから、ことは、とてもうまくはこんでいました。

まったく、おとなどもの囚人友の会のありさまにくらべれば、はるかにりっぱでした。

2

新しい婦人議長のもとで、囚人友の会は、その活動を停止したのかというと、むしろ、その逆でした。これまでにもまして、元気よく活動していたのです。ただし、伝統を守ってというわけではありませんでした。

精力あふれる体操教師は、毎晩毎晩、総会を招集しました。すべての議題は、あっさりかたづけ、健康について一席ぶつと、年齢別の体操をはじめました。若い世代は、つま先に手をとどかせる屈伸運動と馬とびでした。中年以上の世代は、リズム体操をやりました。たいへんよく案が練られていたし、みんなのためになることでした。けれども、これまでの活動とは、あきらかにかわっていました。ミス・ビアンカは、そのために総会に出席しなくてもいい理由ができて、ほっとしていました。（彼女は、ほっそりとしていたし、身のこなしも軽快でしたから、だれも、彼女に体操が必要だとは思っていませんでした。）けれども、総会に出席しなくてはならないバーナードのことは、とても気の毒に思いました。

「バーナード、あなたも、やさしいリズム体操をなさるの？」と、彼女は、興味ありげにきいてみました。

「いや、やるものか。」と、バーナードは、おこってこたえました。「委員会で、そういうことにきめたんだ。」

「委員会では、みなさん、新しい婦人議長さんと、うまくやってらっしゃるの？」と、ミス・ビアンカはたずねました。

「ひどいもんだ。」と、バーナードはいいました。「彼女は、だれかれ区別なく命令するんだ。」

「精力があまってらっしゃるのね、きっと。」と、ミス・ビアンカはいいました。「それにしても、なんという精力と仕事熱心でいらっしゃること！　彼女は、満場一致で議長になったこと、おぼえていらっしゃるでしょ。それが、彼女に自信をあたえているのではないかしら。」

「でも、ほかに、だれがいたんです？」と、バーナードは、力なくいいかえしました。

「きみが、やめるといった以上（といっても、つづけてほしかったといってるのではないけれど）、ほかに、だれがいたのです？　これほど能なしのご婦人ばかりの時代は、これまでなかったんじゃないかなあ。──それは、つまり、指導力のあるものという意味ですがね。話がうまくて、ものごとを運営できるものをさがしたら──あーあ、彼女だけだったということですよ！」

バーナードは、とおりすがりに、花鉢をけりました。（この会話は、せとものの塔の庭でおこなわれたものです。門のそばをバーナードがとおりかかったちょうどそのとき、ミス・ビアンカが、鉢に水をやろうと、塔のなかからでてきたのでした。）

「でも、いちばんこまったことは、」と、バーナードは、話しつづけました。「個人的なふゆかいさはさておいて、彼女は、囚人友の会を、本来の目的からはずれた方向にもっていこうとしていることだ。われわれは、囚人をはげまし、友となることを、いっさいやろうとせず、腰のまわりのぜい肉を、一ミリずつへらすことばかりやっている。」

ミス・ビアンカは、心配の度を強めながら、バーナードの話をききました。後継者にたいする彼女自身の非難はどうあれ（おなじ非難をバーナードもしているということは、彼女にしてみれば、気分の悪かろうはずはなかったけれど）、囚人友の会の利害が、彼女の心をまどわせるのでした。彼女の時代の友の会は、全国際組織のなかで、もっとも有名な支部だったのです。――彼女らのえた勲章の一つは、ジャン・フロマージュ勲章と、ねこにたいする勇気にあたえられたタイボルト勲章より上に位するものでした。そんなことを考えると、友の会が、いまやたんなる体操講習会に堕落しつつあるのは、たえられないことでした。

「からだをきたえることは、」と、ヒナギクの花をととのえるあいだ、しばらくだまっていたミス・ビアンカは、また話しはじめました。「もちろん、たいせつなことですわ。でも議事日程のなかに、囚人のことがでないはずがないと思うのですけれど？」

（マンドレークのことを、またもちだすのではないかと、バーナードにうたがわれないように、できるだけ抽象的ないいまわしをしました。けれどもバーナードは、彼女が、この問題を、まったく話さなくなったので安心していたし、彼自身のいろいろな悩みごとのために、マンドレークの存在など、すっかりわすれていたのです。）

「囚人友の会が、警察の囚人リストに注意をはらいつづけているかどうかということなら、」と、バーナードがいいました。「ざんねんながら、答えは、ノーなんだ。おぼえているかどうか、警察に住んでいる、われわれの連絡係りの――」

「タビー・エムボンポイントのことでしょう。」と、ミス・ビアンカが、あとをおぎないました。

「そのとおり。」と、バーナードはいいました。「われわれの新婦人議長は、彼の姿を見るのをいやがるんだ。あのタビーがもってくる報告は、どんな報告でも、彼にやらせようとしないし、――そのうえ、彼が去るやいなや、その報告をやぶりすててしまうのだ。そのことで、はげしく反論しようともしないぼくを、きみが、無気力なやつと思うのはよくわかる。でも、」と、バーナードは、ことばをつづけました。「いまのように出席者がへりつづけている場合には、演壇上の幹部の結束は、どのようなことがあっても、守らなければならないんだ。」

「おっしゃるとおりね。」と、ミス・ビアンカはいいました。

「だから、ぼくは、義務をはたすだけだ。」と、バーナードは、ため息まじりにいいました。「そして、議長の任期が来年終わるまで、会がばらばらにならないように、ベストをつくすだけだ……」

3

「一、二、三、それから、からだをまげて、つま先をさわる！」と、体操教師はさけびました。「前列、からだを右にふり、左にふり！」

へってしまった会議場の出席者たちは、それでも、どうやら号令にしたがっています。うしろのほうでは、ばかさわぎがおこっているし、まえのほうでは、年とったねずみたちが、すわりこんだまま動きません。演壇上ですわりつづけていたバーナードは、すわったまま動きません。

「まあ、あきれたもんだわ！」と、体操教師はさけびました。「あんたがたは、みんな、たるんどる！　さあ、もう一度、はじめから、一、二、三！」

けれども、かけ声はまったくききめがなかったので、さすがの彼女も、やめる時間がきたと見てとりました。熱意のさめてしまったねずみたちは、もうおどされるのにもあきあきしていました。出口の押しあいのなかで、「もうごめんだ、これっきり。」とか、「テレビで見るものがありゃあ、もうくるもんか。」とか、「あんたのいもうとがよってくれなきゃ、もうやめだ……」とかいうつぶやきが、いくつもきこえました。

こうして総会は、おひらきになりました。バーナードは、ただただ、囚人友の会そのものが、おひらきにならないことを祈りました！

8

◇◇◇◇◇

救出計画

1

それにくらべて、ミス・ビアンカのひきいる反主流派は、すべてが、まことに順調にすすんでいました。そして、なんとも皮肉なことには、ミス・ビアンカは、そのために、かえってねむれなくなっていました。

マンドレークを実際に救いだすことを考えてみると、時機は熟していると思われました。前執事は、予想した以上に、すみやかに体力を回復してきていました。しかも、彼のための将来の仕事口も、たやすくみつかったのです。正直のところ、彼の回復の早さにはミス・ビアンカも、不意をつかれた思いでした。それというのも、これと思う救出計画が、

まだまったく考えられていなかったからです。ピンクの絹の枕が、床におち、ピンクの絹のシーツがしわくちゃになるほど、彼女は、寝がえりをうちながら、考えつづけました。

「窓からの救出は不可能だわ。」

と、ミス・ビアンカは考えました。

「鉄格子がはまっているばかりか、窓は、どうしようもないほど小さいのですもの。かりにぬけだせたとしても、ツタが、彼の体重をささえられるはずがないわ。壁の仕掛けさえわかれば、もちろん、階段があるわ。でも、ジョージかジャックのうしろについて、大壁のあいだをすりぬけるためには、マンドレークは、ほんとうにすばやく動かなければだめだわ！　――かりに、うまくすりぬけたとしても、ジョージかジャックが気づいて、たちまち、相棒の助けをよぶにちがいない。」

マンドレークが、ビタミンのおかげで体力をどれほど回復したかわかりませんが、ジョージもジャックも、体力を回復する必要はなかったのだし、彼らのほうが、数からいっても優勢でした。

「ほんとに、どこからはじめたらいいのかしら？」と、ミス・ビアンカは、思いなやみました。

しかも、あまり計画がおくれると――ボーイスカウトたちは、協力を中止して、学校へいきはじめてしまう。――ビタミンのききめがおとろえて、マンドレークは、また、もとの衰弱状態にもどってしまうのでは？　それに、もし孤児院がほかの庭番をみつけてしまったら？

こんな心配が、ミス・ビアンカをなやましつづけました。そして、いくたびか、こんなときこそ、バーナードの適切な助言と、力強いささえがあったらなあと思いました。しかし、彼の同情をえることは、これ以上考えまいと決心しました。――それは、ミス・ビアンカの自尊心からではなく、バーナードの考え方からすれば、（マンドレークが、怪物に等しい悪者だと信じこんでいるのですから）無関心なのはとうぜんなのだと、彼女が気づいたからでした。それに、彼を魅了する力が自分にあることはわかっていましたけれど、うまくいいくるめて、彼が良心にさからうようにさせることは、ぜったいにしまいと考えたからでした。ミス・ビアンカは、完璧な淑女であると同時に、完璧な紳士道をわきまえていました。

　バーナードが、彼女のうわの空のようすに気づいて心配そうにたずねたとき、彼女は、校正刷りを推こうしているのだとこたえました。――それは、つねに、苦しい仕事なのです。

「ああ、詩集ですね？」と、バーナードは、尊敬の気持ちをこめていいました。「六部、ぼくは、予約します。」

　ミス・ビアンカは、ほんとに詩集の出版を準備しつつあったのですが、マンドレークの運命で頭がいっぱいだったので、印刷所がまっているのにもかかわらず、校正は、中断したままでした。

　しかも、校正刷りの推こうをすべき時間に、つぎのような詩を書いてしまったのです。

おお、マンドレーク、ヘラクレスのようなあなたになって
　ふたたび歩むときがくるのです。
罪は行き去り、仕事が待っています。
木立や木ぎを刈り込み、
　忘れられた花園を育ててきてください。
――されど、いかにして、古塔より、
あなたを　救い出せばいいのです？

M・B

2

シャーンが、最後から二番目の報告をしにきたときに、ミス・ビアンカは、この詩を書いていたのです。シャーンの報告は、それまでのすべての報告と、まったくおなじでした。――スカウトたちは、全員ぶじ帰宅。マンドレークの状態は、良好。――ミス・ビアンカは、ほとんどきいていませんでした。シャーンが、いつまでもうろうろしているので、彼女は、いらいらしてきました。彼は、ポークとビーフのレバーペーストつきのトーストを、四枚もぱくつきました。いまやシャーンもおちついたもので、のどにつかえさせもせず、ゆうゆうと食べ終わり、しかも、ミス・ビアンカが、いそがしそうに、詩を書いた紙をがさがさいわせても、こしをあげませんでした。

「あと二日で学校ですよ。」と、シャーンは、話好きなようすでいいはじめました。

「時間がたつのは早いものね。」と、ミス・ビアンカもあいづちをうちました。――でも、つくえのそばから立ちあがって、いそがしいふりをしました。

シャーンは、気づきませんでした。すっかりすわりなれてしまった、おきまりの長いすのすそにすわったまま、彼女のことばを、まってましたとばかり、うけとりました。

「ぼくの考えてたのは、その時間のことじゃないんですよ。」と、彼はいいました。「ぼくの考えてた時間てのは、そろそろ、救出計画をたてるときじゃないかってことですよ。」

ミス・ビアンカのひげが、おどろきでふるえました。――ろうばいしたせいでもあったのです。彼女は、スカウトたちの訓練は、ほんとうは、なんのためだったかということを、彼らには、ぜったいにさとらせまいと心をくだいていました。あまりにも危険な目的だったからです！（もちろん彼女にしても、人工呼吸のできごとや、コウモリ事件は知りませんでしたし、もし知らされていれば、福祉事業の部分でさえ、危険すぎると考えたにちがいありません。）

「まあ、おどろいたこと。」と、ミス・ビアンカは、できるだけ気がるにおどろいてみせました。「いったい、だれが、そんなことをあなたに考えさせたのかしら？」

「もちろん、彼ですよ。」と、シャーンはいいました。「気力が回復してきてからという

ものは、彼がいうことは、あなたが、彼を救出するという約束のことばかり……」

「まあ、なんとしたことを！」と、ミス・ビアンカは、心のなかで思いました。「そんなことを口走って！　ばかな、無責任なマンドレーク！」けれども、ふと反省してみれば、その非難は、あてはまらないことに気づきました。彼女は、マンドレークに、しゃべらないようにと注意しておかなかったのです。

「無責任なのは、わたくしだわ！」ミス・ビアンカは、自分にたいしていかりました。しかも、彼女がしたという約束を否定することもできませんでした。否定すれば、マンドレークを、うそつきにしてしまうからでした。

「そうなのです。彼は、救出されるのです。」彼女は、注意ぶかくみとめました。「でも、この計画のなかで、あなたがたの仕事は、ビタミン剤をはこぶことだけで、それはすでに、りっぱにはたされたのです。あなたがたの協力なしには、彼自身が、この計画に参加する強さは、けっしてもつことができなかったのです。実際の救助そのものは、年とった頭に考えさせなければなりません。」

「では、あなたも、参加しないということになりますね？」と、シャーンはいいました。

――なんというアイルランド式のおせじのうまさではありませんか！

「とうぜん参加するでしょうね。」と、（わらいをかみころしながら）ミス・ビアンカは、彼のことばを正しました。「でも、計画はどうあれ、くどいようですが、あなたは、もちろん、ほかのボーイスカウトたちのだれも、役割はありません。ですから、これ以上、わたくしをじゃましないでくださいね。」

シャーンは、ため息をつきました。

「あなたは、もう、すごい計画を考えてあるんでしょうねえ？」と、尊敬するようにいいました。「きかせてもらえれば、すばらしいんだけどなあ。」

「まったく知らないほうがいいと思います。」ミス・ビアンカは、きびしくいいました。

「そんなこと、いわないでくださいよう！」と、シャーンは、甘えた調子でいいました。

「ぼくたちは、ツタをのぼってあげたじゃないですか？　おまけに、ぼくは、秘密を守るとちかったんですよ！　ほんの、はじめの部分だけでもだめですか？」

ミス・ビアンカは、ためらいました。でも、彼は、なにかほうびをあたえられるだけのことをしたのです。ミス・ビアンカは彼の真剣なまなざしにまけて、ほんのあらましを教えてやれば、気はすむだろうと、思いました。

「もちろん、第一にやることは、」と、ミス・ビアンカはいいました。「マンドレークを、塔の小部屋からみちびきだすことです……」

「階段をつかって。」と、シャーンは、りこうそうに、あとをつづけました。

3

ミス・ビアンカは、また、いすにこしかけてしまいました。さっき以上に、おどろかされ、ろうばいさせられました。――とにかく、背中をささえてくれるものが必要でした。

「どうして、あなたが階段のあることを知っているの?」彼女は、大きな声をだしてきました。「四時四十分の郵便自動車でかえってきていたはずなのに。」

「七時ってのもありますよ。」と、シャーンはいいました。「いったいなにがおこっているのか調べたくて、ここ二晩ばかり、ぼくだけおくれてかえってきていたんですよ。鉄格子がはまっているばかりか、窓も小さすぎるとすれば、あとは階段だけじゃありませんか？」

「そのとおりです。」と、ミス・ビアンカはいいました。「わたくし自身も、そうきめています。――でも、あなたは、指令よりもはるかにやりすぎたようね。」

「ぼくは、知りたがりの性質でしてね。」と、シャーンはいいました。「ジョージかジャックが、おかゆをはこんでくるのが、あんなにおそい時間とは。」

「なんですって。あなたは、あのふたりにもあったのですか？」ミス・ビアンカはさけびました。「大公妃おかかえの前科者の馬丁たちに？」

「ぼくも、やつらを馬丁だとにらみましたよ。」と、シャーンもいいました。「脚の格好で馬丁だとわかりませんか？　ふたりとも、荒らくれた野郎たちですよ！」

「だからこそ、」と、ミス・ビアンカは、思わぬところまで話がすすんでしまったので、会話の主導権をとりもどそうと、一生けんめいにいいました。「あなたも、ボーイスカウトたちのだれも、彼らとかかわりをもってはいけません。かりに、マンドレークが、真夜中に階段をおりて脱出できたとしても――」

「昼間のほうがいいと思いますね。」と、シャーンが、口をはさみました。「そのわけは、あとでいいますがね。」

「——下には、ジョージかジャックが見はっているのです。」と、ミス・ビアンカはいいました。「あんな悪党どもにむかって、ボーイスカウトたちが力を合わせても、なにができるのです？」

「やつらの一けりか二けりで、われわれは、ぐしゃりとつぶれてしまうかも。」と、シャーンもいいました。（ミス・ビアンカは、からだがふるえました。）

「ですから、いちばんだいじなときに、ぜったいにやつらに気づかれてはいけないのです。その逆に、やつらの気をそらすのです。そのためには、」と、シャーンは、自信をかくそうともせずにいいました。「もし、あなたがきいてくださるんなら——ぼくは、自分ですごい計画をもっているんですがねえ。」

また、ミス・ビアンカは、ためらいました。でも、そのためらいは、ほんの一瞬でした。シャーンは、これまでも、いつでもとくいがっていましたが、いまや、そのとくいの鼻は、ますます高くなっていくばかりでした。しかし、このとくいがることが、彼の性格を悪くすることはわかっていても、ミス・ビアンカは、自分に、マンドレークを救出できるはっきりとした見通しがなかったので、ボーイスカウトにすぎないけれど、彼の考えをきかずにはいられませんでした。彼女は、レバーペーストはいかがと、その容器を彼のほうにすすめる手まねさえしました。シャーンは、えんりょせずスプーンいっぱい食べました。

「どうぞ、おつづけになって。」と、ミス・ビアンカはいいました。「ジョージとジャックの気をそらすということは、とてものぞましいことですわ。わたくしも賛成よ。音楽会やオペラの席をふたりのためにとることは、たやすいことですけど、あのふたりが、まさか音楽好きとは思えませんし。あなたがだしてくださる提案でも意見でも、とても興味がありますわよ。」

「では、ぼくの意見をもうしあげますと、」と、シャーンはいいました。「それはつまり、馬ですよ。」

4

「馬？」ミス・ビアンカは、わからないというように、ききかえしました。

「やつらは、馬丁でしょう?」と、シャーンは、説明しました。「馬丁ならですよ、いい馬を見たがるにきまってませんか? 公園で、競馬用の馬がならんで練習すれば、馬丁なら、とびだしていって見たくなるでしょう? ジョージもジャックも、少なくとも一時間は、勤めをさぼることうけあいですよ。——とりわけ、サー・ヘクターが、その先頭を走るとすれば!」

ミス・ビアンカは、ひきずりこまれるように、シャーンの計画をききました。彼女は、競馬のファンではありませんでしたが、サー・ヘクターのことはよくきいていました。サー・ヘクターは、国じゅうでいちばん人気のある競走馬で、おおぜいの競馬ファンが、いつでも配当金をあてにすることのできる常勝馬でした。競馬に賭けない理性的な市民たちでさえ、サー・ヘクターが、決勝点を通過する堂どうたる走りぶりを賞賛するために、競馬場にでかけるくらいでした。

どんな騎手も、サー・ヘクターの手綱を引きしめることはできませんでした。かつて、それをやろうとした身のほど知らずの騎手を、サー・ヘクターは、最初のコーナーのへいのあたりで、ふりおとしてしまいました。——けれども、気高い性格のサー・ヘクターは、

ほかの競走馬が地面をゆるがしてとおりすぎるまで、おちた騎手のからだをかばうように
その上に、立っていました。
「わたくし自身、サー・ヘクターにお目にかかりたいわ。」と、ミス・ビアンカは、本心
をうちあけました。「それに、なぜ、暗い時間ではいけないのかわかってきましたわ。」
「いちばん早くても、朝の六時ですね。」と、シャーンがいいました。「サー・ヘクター
は、六時よりまえには、練習にでたことがないのです。彼が動いてくれさえすれば、しば
らくのあいだは、かならずやつらの注意をそちらへひきつけることができますよ。――そ
れにくわえて、ぼくの意見としましては、あの引きちがいの大壁を、一晩じゅう、開きっ
ぱなしにしておかなければなりませんね。」
　それをどうやるかという、ミス・ビアンカの、熱心な、けれども慎重な質問にたいして、
シャーンは、スカウトたち全員のからだを張ってと、いとも簡単にこたえたのですが、も
しかすると、全員がまとまって、英雄として一つの墓の下に眠ることになりかねません。
そうなったら母親たちの嘆きをどうするかというミス・ビアンカの問いかけに、シャーン
は、もう一度考えて、マンドレークのおかゆのうつわを使うことを提案しました。とくに、

ついだばかりのおかゆをまきちらしてしまえば、どんな精巧な仕掛けでもくるうにちがいないと、シャーンは保証しました。しかも、ジャックかジョージの足もとめがけて、その瞬間に、うつわをころがす役目は、彼自身がひきうけました。

「やつらのどちらにしても、壁がしまったかどうかたしかめようと、うしろをふりむいたりしませんよ。」と、シャーンは、にやりとうれしそうにわらいました。「壁は、しまるものと思いこんでいますからね！　翌朝になれば、やつらは、サー・ヘクターに気をとられるということになりますから、年よりのマンドレークでも、紳士のようにゆうぜんと、階段をおりられるというわけですよ！」

ミス・ビアンカは、自分でも、自信らしきものを感じはじめました。彼女は、囚人の救出にかんしては、シャーンよりも、より多くの経験をしているのです。

「まさか、ゆうぜんとおりるわけにはいかないでしょうね。『九仞の功を一簣に欠く』*ということがありますわよ。マンドレークは、できるかぎり速く公園の門まで走らなければなりません。そこに、町へむかう牛乳配達車がとまっています。」

「さすが、あなたはそんな先まで考えているんですねえ！」と、シャーンは、尊敬するようにいいました。「あなたなしでは、ぼくたちは、どうなっちゃうかわかりませんよ！」

ミス・ビアンカは、ほほえみました。おせじをいわれたのはわかっていました。それはそれとして、シャーンの思いつきのおかげで、彼女の心配は半分はかるくなり、どうやら、これぞと思う救出計画ができたのです！

それにもかかわらず、一つの疑問がわいてきました。

「でも、サー・ヘクターは、」と、彼女はいいました。「ふつう、人目につくところでは練習なさらないんでしょう？　わたくし、競馬のことはなにも存じませんけれど、彼は、――なんというのかしら、――彼自身の馬場をもっているんじゃないかしら？」

はじめて、シャーンが口ごもりました。

「そうですねえ。」と、彼はいいました。「りっぱな専用の馬場があるんですよ。――こんどだけ、場所を変えてみては、と説得するよりしかたがないですねえ……」

「だれが、彼を説得するのです？」と、ミス・ビアンカは、いらいらしてきました。

「それはもちろん、あなたですよ！」と、シャーンがいいました。

＊九仞の功を一簣に欠く――大きな山を築くとき、最後の一簣（かごいっぱい）の土を欠けば、完成しない。長年の苦労も一つの過失のために失敗することがある。

5

というわけで、マンドレーク救出の第一番目の必要かくべからざる準備が、ミス・ビアンカの肩にかかったのです。それは、（会ったこともない）サー・ヘクターに、朝の練習の場所を専用の馬場から、塔のまわりの公園に、変更してもらうよう説得することでした。救出が成功するかどうかは、この一事にかかっていました。

「まあ、たいへん！」ミス・ビアンカは考えました。「明日にでも、訪問しなくては！」

9 サー・ヘクター

1

ぼうやは、まだ入院ちゅうだったので、翌朝、ミス・ビアンカが、せとものの塔をぬけだし、大使館員の運転するスポーツカーの後部座席にひそんで、サー・ヘクターの有名な住居にむかったことに、だれも気づきませんでした。（この館員の競馬好きには、大使は、まゆをひそめていました。ミス・ビアンカにしてみれば、大使のビタミン剤を無断でちょうだいしたあとなので、とてもこの館員を非難する立場にはありませんでした。）問題の館員は、きゅう舎で昼食の約束があったのです。――ですから、彼女には、第一段階を行動にうつす時間が、じゅうぶんありました。

うろたえる場合ではなかったのですが、ミス・ビアンカは、少しばかりうろたえ気味でした。独身の淑女が、招待もされないで、まったく見知らぬ独身の紳士を訪問することは、エチケットにたいへん反することでした。慣習を守らないばかりでなく、向こう見ずともいえる行為でした。ミス・ビアンカの向こう見ずは、ブラッドハウンド犬から逃げだすというような場合にのみ、ゆるされることでした。そればかりでなく、はじめて見るサー・ヘクターの領地は、とても女性に自信をもたせてくれる場所ではありませんでした。競走馬のきゅう舎は、どこでも清潔にたもたれているものです。——杭やくさりは、みがきあげられ、うまやの一つひとつは、清浄そのものです。——とくにこのきゅう舎は、そうでした。どこに目をやっても、ペンキのはげおちたかす一つなく、(中央の空き地は)一本の草の葉といえども長すぎず、あるいは、短すぎず、一分のくるいもなく水平に刈りこまれていました。しかも、それよりもはっきりした特徴は、みょうに男臭い雰囲気が、あたり一面にただよっていることでした。ミス・ビアンカは、まるで、ロンドンのアテネアムとよばれる文芸クラブのような、男性だけが会員のりっぱなクラブに、侵入したような気がしました。

彼女は、しずかな食事時の構内を、注意ぶかくすすみました。それぞれの囲いの低い開き戸の上からくびをのぞかせている馬は、一頭もいませんでした。戸には、その仕切りの主の名まえが――ナツメグ、ガルガ、コケット、パッチス、ティモテ、ゴールアンボーイなどと――書かれていました。ですから、まちがった相手を訪問してしまうという危険だけはおかさずにすみました。訪問相手をまちがえるというのは、たいへん具合のわるいことです。サー・ヘクターの仕切りは、いちばん奥にありました。ほかのどれよりも大きく、これ以上清潔にはならないと思われるほど清潔でした。ほかの馬の名は、白地に黒で書かれていましたが、サー・ヘクターの名は、金文字で書かれていました。

「正しい訪問のしかたは、どうすればいいのかしら？」と、ミス・ビアンカは考えました。

訪問をつげる呼び鈴もノッカーもありません。彼女は、訪問用の名刺はもっていましたけれど、ねずみ用の名刺では小さすぎて、戸の下から差し入れても、サー・ヘクターは気づかないかもしれないし――もしかしたら、知らずにふみつけてしまうかもしれません。

「こんな重要な身分なんですから、執事ぐらいいてもよろしいのに！」ミス・ビアンカは、腹が立つほどの思いでした。——事実、サー・ヘクターのそばにだれもいないというのは、めずらしいことでした。きゅう舎の馬丁たちは、みんな食事ちゅうだったし、ヘクターづきの馬丁は、病気のおばさんの見舞いに、そっとぬけだしていたのです。（サー・ヘクターにことわってでかけたのです。馬丁とサー・ヘクターが、はっきりと意思をつうじ合えるのは、きゅう舎のなかの一つのふしぎでしたが、とにかく、つうじていたのです。）ミス・ビアンカは、その事情を知らなかったのですから、彼女の非難はむりもありませんでした。ミス・ビアンカは、慣習を重んじるとはいうものの、それほど慣習にこだわりませんでした。礼儀正しく執事に案内されたかったのですが、戸の下から名刺がわりに、少しもためらわずに自分のからだをもぐりこませました。

——一瞬、彼女は、まるで、金色の滝の下にからだをあらわしたのではないかと思いました。さらさらと音たてて波うつ、かがやく絹糸のような、まばゆい波が、彼女のからだにふりそそぎ、目もくらむ思いでした。——滝なのか、それとも花火なのか？——そのどちらでもありませんでした。それは、サー・ヘクターのしっぽだったのです。

2

彼のからだのほかの部分も、息をのむほどの美しさでした。背の高さは、一メートル七十センチ。淑女の手ぶくろのようになめらかな皮膚の下に、すばらしい筋肉が、ゆとりのある男性的な力で波うっていました。たてがみは、これまた、しっぽとおもむきをかえて、――騎士の肩章のように――きめこまかに編んであり、それがまた、男性的魅力をそこなわずに、粋な感じをあたえていました。先祖のアラブ種の血統は、――白鳥のように優雅で、闘牛のように強靭な――短く強く、かぎりなくしなやかなくびにあらわれていました。そして、トパーズ(黄玉)のようにかがやく両目は、ミス・ビアンカのひとみと好一対でした!

しばらくミス・ビアンカは、感動のあまり口もきけませんでした。それから、想像もできないほどたくましい前足のまわりを、注意ぶかくまわり、かろやかにサー・ヘクターのかいばおけに走りのぼり、たくましい鼻からほんの三センチほどのところに立ちました。

「どうぞ、無作法な訪問をおゆるしになって。」と、ミス・ビアンカは、ほんの少し息をはずませながらいいました。「わたくしは、急を要する用事のためにおじゃまいたしました。まず、自己紹介をさせてくださいませ。わたくしは、ミス・ビアンカともうします。」

サー・ヘクターも、おどろいたにちがいありませんが、育ちのよさが、そのおどろきを外にだしませんでした。ぐっすり眠っていたのをおこされたのにもかかわらず、答えのことばは、しつけのよさばかりでなく、その心もちの並なみならぬことをしめしていました。

「長いことお目にかかりたいと思っておりました。」と、思いやりのあることばで答えがかえりました。「あなたの人類にたいする類いまれな奉仕が、あなたのお名まえを有名にしたのです！」

けっしておちつきを失わないミス・ビアンカは、その賛辞を、謙虚なえしゃくでうけとめました。——ほかのどんな答えかたも、うわべだけのいつわりになってしまったでしょう。サー・ヘクターが、自分が有名であると自覚しているように、彼女も、自分が有名なことを知っていました。けれども、えしゃくにそえたほほえみと、かるくびをふることで、あなたのほうが、もっと有名なのですよという意味をつたえました。複雑なものだと思われるかもしれませんが、外交官の社会で長いあいだしつけられてきたミス・ビアンカにとっては、なんでもないことでした。その社会では、大使が、まゆげをほんのわずかあげるだけで、非常に多くのことばをつかう以上に意味をつたえることができるのです。

サー・ヘクターは、ミス・ビアンカがレースのヒントをききにきたのではないことに、すぐ気づきました。（これぞと思う淑女でさえも、そんな用事でやってくるのです。）そして、彼女にすすめるいすがなくてもうしわけないといいました。ミス・ビアンカは、おなじような丁重さで、立つほうが好きなのですとこたえました。「あなたも、ご同様だと思いますわ。」と、ミス・ビアンカはいいました。「長くはおじゃまいたしません！」彼女がいえば、「長くいてくださるほどけっこうです！」と、サー・ヘクターはいいました。

ほんとうのところ、ミス・ビアンカは、ゆるされるならば、いつまでもいたいと思いはじめていました。彼女とサー・ヘクターなら、共通の話題がつきないだろうと思いました。――たとえば名声の重荷とか、サインを求められたときの態度とか。（バーナードとは、そんな問題は、けっして話し合うことができませんでした。バーナードは、囚人友の会の会費の領収証にサインする以外は、サインをたのまれることは、ぜったいにありません

でした。くらやみ城で、あのような英雄的行動をしたバーナードにとっては、このような不人気は、たいへん不公平なことでした。ざんねんながら、彼には個性的な魅力が欠けていたのです。ミス・ビアンカも、サー・ヘクターも、きわだった個性がありました。）

そのような会話は、たのしいにきまっていますが、この訪問の目的ではありませんでした。それに、サー・ヘクターの正午の休息の時間をじゃましていることにも気づきました。もし午後にレースがあるのに休息をとらなかったら、わずかな金額を賭けた人たちをどれほどおおぜい失望させるかしれません。とはいうものの、マンドレークの話をもちだすには、少しばかりの話のつぎほが必要でした。ふっと話がとぎれたとき、サー・ヘクターが、また、話しはじめました。

「わたし自身の家系にも、有名な女性がいましたよ。」と、いいました。「傍系の親族ではありますがね。彼女の名は、ロシナンテです。」

「ドン・キホーテの乗馬でしたわね？」と、ミス・ビアンカは、すばやく、話をうけました。

「彼女の肖像をごらんになったことがあるでしょう？」と、サー・ヘクターは、わらいながらいいました。「彼女には、めったにせり札はつきませんでしたけれど、からだよりも精神です！　彼女には、寛大な心がありました。」

ミス・ビアンカは、話の糸口をつかみました。

「その寛大さが、あなたの家系のすみずみにまで、ゆきわたっているのですわ！」と、彼女はさけびました。「わたくしに正直に話す勇気をあたえてくれました！」

彼女は、できるだけ簡単に、計画のすべてを話しました。

3

サー・ヘクターは、真剣なおももちできいていました。彼は、大公妃のことをすでに知っていたので、ミス・ビアンカの説明は、ある意味でらくになりました。よこしまなことばかり考える大公妃の野望は、できるかぎり挫折させなければいけないと、サー・ヘクターはいうのです。また、幸か不幸か、彼は、マンドレークとはだれかも知っていました。

しかし、サー・ヘクターは、ミス・ビアンカの博愛的な行動の目的を知ると、まゆをひそめました。バーナードとおなじように、彼も、前執事が投獄されたことは当然だと、みとめているようでした。にもかかわらず、ミス・ビアンカの弁舌は変わりませんでした。

「小さい貴婦人よ、」と、サー・ヘクターは、声をあらためていいました。「あなたは、人間の腐敗の底ぶかさをご存じない。あなたにとっては、そのほうがいいのかもしれないが。しかし、このわたしが、登録馬以外の馬に敗れることが考えられない以上に、マンドレークが、心底改心するなど考えられないのです。」

「いいえ、彼は、改心したのです！」と、ミス・ビアンカはいいはりました。「彼は、いま、庭番になることをのぞんでいます！　ほんとうに改心しているしるしではございませんか？　イギリスの偉大な法律家であるベーコン卿が、庭仕事こそ、人類のあらゆるたのしみのなかで――あるいは、仕事のなかで、もっとも純粋で、もっともけがれなきものと、いったではありませんか？」

「わたしの記憶にまちがいがなければ、」と、サー・ヘクターがいいました。「ベーコン卿自身は、けがれなきものではなかったと思います。あなたを失望させてもうしわけありませんが――」

「ほんとうに、失望いたしました！」ミス・ビアンカは、感情の高まりをおさえようもなくさけびました。「レディー・ロシナンテをも、あなたは、失望させるでございましょうね！　彼女なら、わたくしのおねがいを、きっと、もっと同情ぶかくきいてくださったことと思います！」

夜露のような小さな粒が、細いひげをつたい、銀白色の毛におちてひかりました。――ミス・ビアンカは、泣くつもりではなかったのです。議論の方法のなかで、彼女がいちばん軽べつしていたのは、女性のなみだを使うという不公平な方法でした。でも、どうしようもなかったのです。彼女は、いそいで、しっぽでなみだをぬぐいました。上品にふるまえば、これは、とても優雅な仕草になる動作でした。もちろんミス・ビアンカのことですから、無意識のうちに、それは優雅な仕草になっていました。

「興奮してしまって、おゆるしください。」と、彼女は、へつらうことなくあやまりました。「神経を張りつめすぎたものですから。それにこのところ原稿の推こうもしているのです。あなたのご休息をおじゃましましたこともおゆるしください。いつか、競馬場で、あなたの勇姿を拝見できる日がくることと思います。そのときこそ、いちばんすてきな帽子を、かならずかぶってまいります！」

サー・ヘクターは、ミス・ビアンカのなみだのせいではなく、彼女の勇気で気持ちを動かされました。

「わたしが、ただ公園にあらわれるだけで……」と、彼は、考えぶかそうにいいました。

かいばおけからおりようとしていたミス・ビアンカは、そのまま、からだをとめました。ふたたび、彼女のすべての身のこなしが優雅なので、まったく無意識に、なんともいえない魅力ある態度になりました。――小さな片足を、そっと前にだし、とびおりようと身がまえたまま、からだ全体が、しとやかなバランスをたもっていました。美しいものを見る目があるサー・ヘクターは、感心したように彼女の姿をながめました。

「わたしが、ただ公園にあらわれるだけで、」と、彼は、くりかえしいいました。「それ以外の義務がなければ――」

「わたくしのおねがいは、ただそれだけです！」ミス・ビアンカは、よろこびの声をあげました。「もちろん、マンドレークに話していただくなんて考えてもおりません！　あなたの馬丁には、それとなくつうじてくだされればよろしいのでは？」

「彼は、わたしを気まぐれなやつだと思うでしょうね。」と、サー・ヘクターは、ほほえみました。「気まぐれをやる資格が、わたしにはありそうだな。では、明日、公園で！」

4

きゅう舎では、どうして、サー・ヘクターが、そんな気をおこしたのか、だれにもわかりませんでした。とにかく、サー・ヘクターの馬丁がなんとかいってるが、そのとおりなんだろうということになりました。サー・ヘクターの馬丁も(ふたりのあいだの通信に、いつもことばはありませんでしたが)、自分では、サー・ヘクターが、どうしてそんな気をおこしたかはわかりませんでした。けれども、サー・ヘクターは、やはりことばなしで、馬丁が、病気のおばさんを訪ねるのをゆるしてくれたので、彼も、自分の馬場のかわりに、一度だけ公園で練習したいというサー・ヘクターの気まぐれに、忠実にしたがったまでのことでした。そして、もちろんサー・ヘクターの騎手も反対するわけにはいきませんでした。

大使館員のスポーツカーに乗ってかえる道すがら
　ミス・ビアンカのよんだ詩

誇り高き、つややかな、あなたのうなじ。
黒く、はげしく燃えるひとみで、やさしく立つ、

美しき　美しきものよ！

ここまで書いて彼女は、この詩が、すでにイギリスの有名な詩人ノートン夫人によって書かれた詩であることに気づきました。そこで、またはじめから書きなおし、彼女としては最高の詩の一つを書いたのでした。

はやてのような速さと、大海原の力とが
一つのたくましいからだに、そなわって、
聖なるいのちが燃える、太陽の心をもって！

M・B

10

いざ救出

1

こうしてサー・ヘクターの協力がえられることになったので、ミス・ビアンカとシャーンは、ひざをつきあわせて、マンドレークを解放する綿密な計画をねることになりました。シャーンは、せとものの塔で、ミス・ビアンカの報告をまっていました。もうミス・ビアンカは、シャーンをこの計画からはずすのはとてもむりだと感じていました。けれども、ほかのボーイスカウトたちは、ぜったいに参加させるべきではないと主張しました。いつものように自信たっぷりなシャーンは、内心ひそかに自分だけの栄光を夢見て、ミス・ビアンカの主張をそっくりうけいれました。

「シャーン、さあ、紙に書いてください。」とミス・ビアンカは命じました。「第一段階……」

第一段階は、ツタをつたってマンドレークのとじこめられている部屋にはいり、じゅうぶん時間をかけて、マンドレークに脱出する決心をさせること。第一段階その一には、はさみをもっていき、マンドレークのかみの毛をきるという、ミス・ビアンカの役目もふくまれていました。

「ひげそりは、どうします?」とシャーンがききました。

「不可能よ。」と、ミス・ビアンカは、ぴしゃりといいました。「でも、できるだけかりこめば、どうやら孤児院の門をとおれそうな顔になるんじゃないかしら。」

第二段階は、ジョージまたはジャックが、おかゆをもってはいってきたときに、かみの毛をかりこんだ頭を毛布の下にかくしてねむりをよそおうよう、マンドレークに指示すること。この馬丁のどちらかが部屋からでようとするとき、──つまり、第三段階──シャーンは、すばやくマンドレークのうつわを、大理石の引き戸のあいだにころがして、しまらないようにすること。

「それは、おまかせください！」と、シャーンは、自信たっぷりにいいました。「ぼくは、サッカーチームで、ドリブルがいちばんうまかったんですからね。」

第四段階は、もっとも困難と思われる待機の時間です。――ミス・ビアンカは、精力をたくわえるために全員ねむるべきだと考えました。そして、目ざまし時計をもっていくことを提案しました。もちろん彼女は、そんなつまらないものはもっていませんでしたが、シャーンは、借りてくるのはお安いご用、五時半に鳴るようにしておきましょうといいました。

あますところは、あと半時間。――第五段階――準備万端ととのえて、塔の窓から、サー・ヘクターを見守ること。サー・ヘクターが池のまわりを一周し、下にいるジョージとジャックの目にはいるころ、被救助者と救助者たちは、そろって階段をくだる。すべてが順調にいけば、下の見はり番の部屋は空のはず。

「ぼくが、戸の下に、その辺にあるがらくたをつっこんで、」と、シャーンは、大声でいいました。「戸を、開きっぱなしにしておきます！　サー・ヘクターの姿が目にはいれば、ジャックとジョージは、役目をほっぽらかして、あの墓場みたいな部屋をとびだす！　だから第六段階は、いとも簡単。――そこで第七段階は、年よりマンドレークが、牛乳配達車にむかってよたよた走るだけ！」

「わたくしたちも、その車に乗るのです。」と、ミス・ビアンカがいいました。「そうすれば、昼食までにかえれます。さあ、シャーン、おうちにかえってたっぷり晩ごはんを食べていらっしゃい。目ざまし時計を借りるのをわすれないこと。では、七時に中央郵便局であいましょう。」

2

シャーンは、でていきました。ミス・ビアンカは、クリームチーズを少し食べて、長いすの上に足をのばしました。

囚人友の会が全員かかって考えても、マンドレーク救出のため、これ以上の計画を考えることはできなかっただろうと、彼女は思いました。

もちろん囚人友の会は、マンドレーク救出の案を、まったくとりあげなかったのです。

バーナードも、拒絶したのです。

「わたくしは、もしかしたら、」と、ミス・ビアンカは考えました。「まちがったことをしているのじゃないかしら？」

どんなに献身的なミス・ビアンカでも、これからおこなおうとしていることが、りっぱな目的のためだと確信してはいるものの、おなじように献身的ななかまたちが、ぜったい反対するにちがいないと思うと、このような疑問が心にうかぶのはしかたのないことでした。（新しい指導者のもとで囚人友の会は、以前ほど献身的でなくなっていたかもしれませんが、バーナードは、まったく変わっていませんでした。）

「サー・ヘクターまでまきこんでしまったし、」と、ミス・ビアンカは考えました。「もし、価値のない目的のためだったら、わたくしは、自分をゆるせないかもしれない！　おお、マンドレーク、どうぞ、あなた自身が価値のある人であることをしめしてください！」

けれども、このような不安も、彼女の決心をにぶらせはしませんでした。一度仕事にとりかかった以上、とちゅうでやめるようなミス・ビアンカではありません。でも、なかなかはさみをみつけることができなかったことがよかったのかもしれません。彼女は、いつでもはさみをどこかにおきわすれました。——道具ばこや引き出しのなかをぜんぶさがしました。それから飾りもののうしろを見たり、いすをさわってみたりしました。——けれどもやっとみつけたのは、マニキュアセットのなかの小さなはさみでした。このはさみだったら、マンドレークのかみの毛を一本ずつきらなければならなかったでしょう。ミス・ビアンカのさがしていたのは、大きなはさみでした。けれども、多くのご婦人がたとおなじように、そのはさみをどこにおいたのか、思い出すことができませんでした。やっとそれは、ビザンチン派の美術書のページのあいだからでてきました。書物をたいせつにする彼女は、自分がとてもいやになりましたが、こんなところにはさみをおきわすれるほど、こんどのことで心をくだいていたのでした。けれどもこのはさみさがしにむちゅうになったおかげで、中央郵便局でシャーンにあうまでのあいだ、むだな心配をせずにすみました。

3

シャーンとミス・ビアンカが、郵便袋のあいだにいごこちよくすわったちょうどそのころ、バーナードは、自分の家にいたのに、とてもいごこちわるく、囚人友の会の代表の訪問をうけたのでした。

バーナードの家は、もう使っていない葉巻入れのいちばん下の引き出しで、独身者にふさわしい、すてきなアパートでした。（大使が禁煙して以来、ここは、入居希望者の長いリストができているほど、ねずみにとって最高のすまいで、バーナード以外に住んでいるのは、医者や銀行家ばかりでした。）バーナードは、スギ材の壁板と切手のじゅうたんが、かなりご自慢で、ふだんは、お客を歓迎していました。けれども、いっぺんに八ひきの立腹した会員がなだれこんできたのでは、社交的なたのしみは、まずのぞめそうもなく、彼らが囚人友の会の不満をぶちまけにきたのは、まちがいないな、と思いました。

「きいてくれ、バーナード――というよりも、事務局長。」と、代表者が口をさりました。（バーナードのおそれは的中しました。）「もう、おれたちは、たくさんだ！」

バーナードは、いすを引きよせながら、なれた目つきで全員をすばやく見渡しました。四ひきは、中年でがっちりしたからだつき、四ひきは、若者でした。五ひきが男性、三びきが女性で、全体として、まことに適切な代表のように見えました……。

「なにがたくさんだとおっしゃるのかな?」バーナードは、不安そうにききかえしました。

「新しい婦人議長に、いじめつけられることですよ。つまり……」と、代表者はいいました。

七ひきのなかまは、ひくい声で「そうだ、そうだ。」と、あいづちをうちました。バーナードは、みんなにビールをついでまわりました。「そうだ、そうだ。」のあいづちの声をふくめて、代表のことばの一語一語にバーナードは同感でしたが、事務局長の立場から、議長の権威を守らなければなりませんでした。

「みなさんが問題にしている婦人は、いやなやつにちがいないが、」と、バーナードは、きびしい口調でいいました。「彼女を選挙したのは諸君ではなかったのか。しかも、ぼくの記憶によれば、満場一致で。」

「まちがいだったんだ。」と、代表はいいました。

「まさか、彼女はこんなじゃなかったなんていうつもりじゃあるまいね!」バーナードはさけびました。

「そんなつもりじゃないけど。だが、彼女は変わるだろうと、われわれは思ったんだ。」と、代表はいいました。「つまり、いまの彼女とは変わるだろうとね。――ただ勇ましい演説をきくためにだけ、」と、代表は、ふんまんやるかたない調子で声を荒らげました。「会議場へ集まるなんていうことが、これまであっただろうか？　しかも、熱弁のはてが体操とは！　ぼくは、ぼくの家内のからだつきは、いまのままでけっこうなんだ。体操なんかに関係なく。」

「あなた！」と、ご婦人のなかでも太ったのがさけびました。――「やせることは、これまでも、これからも、わが有名な囚人友の会の目的ではありません。若い世代の会員たちには、どのような見本がしめされているのでしょう？　――そのことについては、若者のひとりがいうことがあるそうです。――ほら、おいいなさい！」

はじかれたように若者ねずみが立ちあがり、一枚の紙に目をやり、そして、目をとじて一息にいいました。

「囚人友の会の若い世代の会員すべてを代表して、わたくしは、みなことごとく失望、

落胆、意欲そう失。」そこで、若者ねずみは、とじていた目を開き、もう少しふつうの話しことばでつけくわえました。「といいますのは、もし、これから先、看守と対決したり、ねこのひげをぬいたり、あるいは少なくとも、囚人をなぐさめることができないなら、ぼくらは、Y・M・C・Aに移ろうと思っています。」

彼がすわるかすわらぬうちに、代表のおくさんが立ちあがりました。

「わたしたち婦人部会の会員たちも、町の婦人会にくらがえしようと思っています。」と、彼女はのべはじめました。「つまり、わたしたちのいいたいのは、（ここまでいって彼女も、一枚のメモに目をやりました。）なにもすてきなことがなければ、晩ごはんを仕度する気にもなれないということです。現に新婦人議長は、わたしたちにカロリー表さえわたしたという事実を、事務局長は、ご存じですか？」

「それに巻き尺も！」と、ほかの婦人ねずみがいいました。

「鉄アレイもだ。」と、代表がふゆかいそうにつけくわえました。「さて事務局長、これで状況がおわかりでしょう。満場一致で議長に選ばれたかどうかしらないが、任期の中途でも彼女にやめてもらわないかぎり、わが友の会は、完全に分裂することを、わたしは予言する。あなたは、それにたいしてどういう処置をとるつもりなんだ?」

バーナードは、あわれにもそのことばのいちいちに賛成でした。けれども、会の規則にしたがわざるをえませんでした。

「任期中途でやめさせることはできないことになっている。」と、規則をのべました。

「一年はあくまでも一年。だれにもどうしようもない。辞職するか死亡しないかぎり、在職者は、一年つとめることになっている。」

「彼女が、辞職するはずがない。」と、代表がゆううつそうにいいました。「彼女は、命令することがなによりも好きなんだから。」

「それに彼女は、見るからに人なみはずれて健康らしい。」と、バーナードはいいました。

「もちろん暗殺という手段があるけれども、まさか、みなさんが、その手段をすすめるとは、とても考えられないし。」

「囚人友の会のためを思えば、その手段を考えることもやぶさかではない。」と、代表はいいました。「だが、それはきみにまかせよう。」

ただひとりのこってコップをあらうバーナードは、なんという苦しい立場に追いこまれたのでしょう！　もちろん彼は、体操教師を暗殺するなどということは、本気になっては考えてもみませんでした。しかし、うたがいもなく彼女を追放するなんらかの手段をとることを期待されているのです。いまや、ただなにもやらずに事務局長をつとめるだけで、友の会を存続させるという希望が、むなしいものとなったのです！

　バーナードは、以前からひそかに心をきめていました。委員会における新婦人議長のあらゆる無作法にも耐える心がまえができていました。しかも、囚人友の会の利益のために、演壇上の彼女にも協力してきました。そのときがくれば、鉄アレイさえにぎろうと思っていたのです。自分がアレイをふる姿は、こっけいなことはわかりきっていましたが、彼は、その気になっていました。

　バーナードのような人柄の英雄的行動は、人の目につくようなものではありません。他人が、それを英雄的行動だとはみとめないことが多いのです。でも、英雄的行動であることにちがいはありません。

でもこんどは、なにもせずつとめつづけるだけではすまされなくなったのです。しかし、彼になにができるでしょう？　バーナードは、考え考えつづけるうちに、非常に動揺し度を失って、いちばん上等の彫り物入りのワイングラスの台をたたきつけて、わってしまいました。それから、だれかがノックしているので、ふるえたままの手で、戸をあけました。代表のおくさんが、わすれたこうもりがさをとりにもどってきたのでした。ともかく、そういう理由でもどってきたと彼女はいうのです。こうもりがさは、たしかに玄関にありました。バーナードが、ていねいにこうもりがさのある場所を指さすと――

「バーナード。」と、彼女は、低い意味ありげな声でいいました。

「なにか?」と、バーナードはいいました。

彼女は、ためらいました。それから、バーナードの肩ごしに台所のなかをのぞきこみ、こわれたワイングラスをみつけると、彼がとめるまもあらばこそ、せかせかとはいりこんできて、さもその用事にきたんだといわんばかりに、ガラスの破片をひろいはじめました……。

「上等のものではないんですよ。」と、バーナードは、——男ならだれでもいうように、皿洗いのおそまつさをかくすためにはずかしそうに、うそをいいました。

「まあとにかく、セットの一つでなければいいんですけれど、」と、代表のおくさんはいいました。「それにしてもかわいそうなバーナード、あなたにはおくさんが必要ね！」

5

バーナードは、立ちすくみました。まるで心の奥ふかくにひそんでいたおそろしい潜在意識が、とつぜん、きばとつめをむきだしてとびだしてきたみたいでした。

「そのことを考えたのは、これがはじめてではありませんのよ。」と、代表のおくさんは、親切そうにいいました。「もちろん、あなたがミス・ビアンカにたいして、どんなに一生けんめいつくしたか、わたしたちは、みな、とても感謝していますのよ。——ほんとに、ミス・ビアンカにたいして献身的にならないひとがいるかしら？　婦人部会のものは全員そうですわ！　——彼女が、独身でいることを決心したのをよろこんでさえおりますのよ。ジャン・フロマージュ（生きていればの話ですけれど、）ぐらいしか適当なお相手はおりませんものね！　ところで、あなたにとって必要なのは、ふつうのおくさんではなくて、公のできごとに鋭い関心をもつだけでなく、あなたの食器をも、洗えるひとでなければね！」

バーナードは、あとずさりして流しに背をつけました。

「わたしのいってることがおわかりのようね。」と、代表のおくさんは、茶目っけたっぷりにわらいました。「もちろん、わたしのほかのもうひとりも、きっと賛成ですわよ！　だって、ほかのもうひとりは、あなたのことを、とくべつに思っているんですから！」

もちろんバーナードは、彼女のいっているもうひとりがだれか、すぐわかりました。彼女は、体操教師のことをいっていたのです。

「そんなばかなことは信じられん！」と、バーナードは、必死の思いでさけびました。

「ちかってまちがいありません。」と、代表のおくさんはいいました。「なぜあんなにたびたび総会を開いたかお気づきになりませんでしたの？」

「彼女は、議長をつとめるのが好きだからですよ！」バーナードは、助けをもとめるようにいいました。

「とんでもない。事務局長さんのお相手をしたかったからですよ。」代表のおくさんは、また、ぞっとするようなうすわらいを顔にうかべながら、バーナードの意見を訂正しました。「女の心は、女同士がよくわかります！　婦人部会全員の意見では、あの体操着の下で、あふれんばかりの片思いの愛情に心がときめいているのです。それが片思いでなくなったとき、まちがいもなく、このかたは、ただちに、すべての公職をやめ、ご主人のためにすべてをささげることになるのです。――どう、バーナード、考えてごらんになっては？」

　いい終わると代表のおくさんは、こうもりがさを片手にもち、もう一方の手に、新聞紙につつんだガラスの破片をもってでていきました。バーナードは、よろよろと居間にもどり、ソファーにくずれるようにすわりました。みじめな思いでした。

　囚人友の会を分裂から救うために、体操教師と結婚する以外にまったく方法がないのだろうか？　状況は、そのように見えました。

「結婚しても外国にある囚人友の会を訪問して、外で多くの時間をすごせるかもしれない。」と、バーナードは考えました。「ここにいれば、家のなかには鉄アレイがごろごろすることになるだろうし、台所にはカロリー表がはられるだろう……」

バーナードが、あまり苦しそうにうめいたので、ソファーのスプリングまで彼に同情するようにきしみました。

「でも、ミス・ビアンカにあいにいくことはできるだろうなあ。」と、バーナードは思いました。

ミス・ビアンカが独身でいると決心したことを、みんなのみとめる事実として話されるのは、とても苦しいことでしたけれど、バーナードも(あまりにも明白に指摘されたので)、伝説的なジャン・フロマージュだけが、彼女の手をとる相手にふさわしいと素直にみとめました。しかも、そうであることが、一つのなぐさめともなったのです。ジャン・フロマージュは、もうこの世にいなかったからです。ミス・ビアンカが、だれとも結婚しないかぎり、彼女の愛情あふれる友情と、好きなときにせとものの塔に彼女を訪問することのできる特権だけで、自分は満足できるかもしれないと感じました。

しかし、それよりも、もっと直接的な、大きな満足感は、彼女は、少なくとも――生命の危険をともなう冒険はもちろんのこと、くだらない紛争やふゆかいなできごとから、すっかり身をひいている、ということでした。しかも、彼自身の説得によって、彼女が辞職することにもなったので(その結果、彼女の後継者が予想外にいやらしい性格のために、囚人友の会全体が、危機にさらされる破目になったのですが)、彼は、どんなことがあっても友の会を軌道からはずさない責任を自覚していました。そうすることによって、議長をやめたことでおこるさまざまなできごとに、ミス・ビアンカが、神経をいためなくてすむからでした。

心勇ましいバーナードは、せとものの塔でしずかに出版予定の詩集の校正をつづける、平和そのもののミス・ビアンカの姿を心に描きながら、そのためには、あらゆる犠牲をおしまないことを、かたく心にちかいました。

ところが、当の彼女は、その瞬間に、スイレン池の古塔のなかで、マンドレークのかみの毛をきっていたのです!

11
古塔のなかで

1

「頭を少し左のほうへまげてくださいな。」と、ミス・ビアンカはいいました。「あなたは、耳を前のほうにだせないのね、それがざんねん！」

マンドレークは、彼女のはさみの下でおとなしくすわっていました。――というよりも、なんともうれしいことには、彼がいらいらするのをおさえているようすがわかるのです。もう、全身衰弱は、その気配もありません。へつらいの態度どころか、手間どるのを、いまにもおこりだしそうにさえ見えました。そして、救出されるという可能性にとまどうどころか、積極的ないらだちさえしめしているではありませんか！　決心をせまるという必要は、まったくありませんでした。彼の心はきまっていたのです……。

「製薬会社に、ほんとうに感謝状を書かなくてはいけないわ！」ミス・ビアンカは、かみの毛をきりながらいいました。

少なくとも三十センチの長さのかみの毛と、九十センチの長さのひげをきりました。そのあいだシャーンは、いそがしく走りまわって床におちたスペインゴケのようなもつれ毛を、ワラ床の下におしこんでいました。ミス・ビアンカは、マンドレークのひげをそることはできなかったので、カイゼルひげ*のように、きれいにかりこみました。それから、まゆげをかりこみました。かりこみが終わると、救出計画の第一段階その一も、同時に達成されたのです。尊敬できそうなどころか堂どうとさえ見えるマンドレークを、しかも給料なしですから、世界じゅうのどこの孤児院も、庭番として歓迎するにちがいないと、ミス・ビアンカは考えました。

第二段階もおなじように成功でした。（ミス・ビアンカの囚人救出がいつでも非常にうまくいく一つの理由は、けっして救出計画の段階をわすれなかったからです。）マンドレークは、指示されたとおり寝床によこになって、すぐにほんものそっくりのいびきをかきはじめたので、ミス・ビアンカは、錠剤のなかに催眠薬がいくつかまじっていたのではないかと、本気になって心配したほどでした。けれども、マンドレークは時どき片目をあけて、計画のもくろみを理解しはじめたことと、彼自身の目だたない役割を積極的にはたしていることをしめしました。

「目ざまし時計をかけておくことをわすれないでね、念のため！」と、ミス・ビアンカは、シャーンにいいました。「あてにできるかしら？」――シャーンによれば、時計をためしていたからだとはいうのですが、郵便自動車のなかでは、三度も四度もとまってしまったのです。ミス・ビアンカは、目ざましが鳴るようにセットすると、ただちにシャーンから時計をとりあげて、自分の手もとにおきました。

第三段階は、もっとも興奮しました。真夜中からほぼ一時間たったころ、大理石の壁が二つに割れ、無気味なにたにたわらいを顔にうかべた馬丁のひとりが（たまたまジョージの番でしたが）、おかゆのなべをさげてはいってきて、なかみをマンドレークのうつわにあけ、また、にたにたとわらいながらでていきました――

「いまよ！」と、ミス・ビアンカがささやきました。

いなずまのような早さで、シャーンが、うつわにとびつきました。――チームのなかでドリブルのいちばんうまいシャーンは、マンドレークのおかゆのうつわを、しまろうとする壁のあいだに、正確に、ころがしました。大理石の壁は、うつわをこなごなにつぶしましたが、おかゆとまじった土器のかけらが、壁のあいだにすきまを作りました。ジョージは、うしろをふりむきませんでした。壁がしまるものと信じきっている彼は、階段をおりていきました。――自由への通路をあけたまま！

「第四段階へ。」と、ミス・ビアンカは、冷静にいいました。

＊　カイゼルひげ――ドイツ皇帝ウィルヘルム二世のように、両端がはね上がった八の字形の口ひげ。

2

第四段階が、もっとも困難なものと、ミス・ビアンカには、はじめからわかっていました。たしかに、そのとおりになりました。シャーンは、ミス・ビアンカが、キーツ＊の「秋の賛歌」のはじめの部分を教えてやると、（ミス・ビアンカは、どんなときでも、教養をたかめる機会を見逃しませんでした。）身をまるくして、いとも気らくにねむってしまいました。マンドレークの芝居がかったいびきは、そのうちほんものになっていきました。一方ミス・ビアンカは、目がさえてねむれず、何時間も神経がたかぶったままでした。

彼女には、神経質になる理由はなかったはずです。――とにかく、そんなに神経がたかぶっているはずはありませんでした。すべては、じつに順調にはこんできたではありませんか！――それに、彼女は、サー・ヘクターを完全に信頼していました。太陽が、かならずのぼるように、サー・ヘクターは、正確に約束を守るのです。そして、彼がうしろだてを約束した計画で、失敗したことがあったでしょうか？　ある州のお祭りで、――バケツの水をこぼすように雨がふり、大地が沼地のようになり――お祭りは、まったく惨憺たる結果に終わろうとしたのを、雨ガッパにおおわれていたとはいえ、彼が堂どうたる姿をあらわし救ったときのことを、ミス・ビアンカは思い出しました。また、ある競馬場の観客席が火事になったさい、その火事をたしかめようと、馬場からおちついただく足で近よったサー・ヘクターの姿が、観客の恐慌をしずめ、そして、観客すべての賞賛をあびながら、彼は、ナショナル・カップの優勝杯を手にしたのでした。サー・ヘクターと手を組んだ以上、どんな計画が失敗するというのでしょう？

ミス・ビアンカは、失敗するはずがないという確信をもちました。

――彼女の考えごとは、とつぜん大きくなったいびきで中断されました。彼女は、寝床のほうに目をやりました。そして、原因不明の不安の原因に、はっと気づきました。

毛布がはねのけられて、マンドレークのひげのかりこまれた新しい横顔が、尊大につきだされたのです。――ワシのくちばしのようなかぎ鼻に、そしてわなのようにとじられた、残忍そうな、うすいくちびる。ダイヤの館の情け知らずの執事のそれであることを、ミス・ビアンカは、あまりにもありありと思い出したのです。ねむりこけたマンドレークは、そのむかしの邪悪な彼そのままに見えました……。

ミス・ビアンカは、身ぶるいしました。「おおマンドレーク、おねがいだから、価値ある人であることをしめして！」わずか数時間まえ、彼女は、せとものの塔で、ひたすらにねがったばかりです。まるで、胸をしぼる思いで、そのねがいにつけくわえました。「どうか、少なくとも、あなたが、どうしようもない手ごわい相手でありませんように！」

彼女は、あまりの不安に矢も盾もたまらず、マンドレークの寝床にかけのぼり、彼の耳の上で、身をかがめました。──彼がねむっているあいだに、彼の意識のなかに、「やさしさがすべて」「貧しいものにあわれみを」「なんじおごるなかれ」というようないくつかの成句を、ふきこんでおきたいとねがったからでした。けれども(とうぜんのことですが)彼女は、マンドレークの耳の穴にはえていた毛をきることは、気持ちがわるくてできなかったので、いまいったことばが、うまくつうじたかどうか自信をもてませんでした。そして、耳もとからおりると、どうやら目ざめがちにまどろむことができました。彼女は、五時半に目ざましが鳴るのをきいてほっとしました。休めない悩み多い夜があけたのです。

幸いにもシャーンは、ミス・ビアンカのそんな悩みに、なにも気づきませんでした。彼は、早ばやとおきて、身仕度をすませ、窓枠から外を見守っていました。一方ミス・ビアンカは、すばやく化粧をすませ、それから、この善意あふれる冒険の、たいへん気がかりな相手をおこしました……。

「きました!」と、シャーンがさけびました。「公園の門からはいってきます。──サー・ヘクターが先頭です!」

＊　キーツ――（一七九五―一八二一）イギリスのロマン派詩人。

3

一連の競走馬が練習をしているさまほど美しいながめはありません。みすぼらしい荒れ地や、砂まじりの競走路は、彼らの快速な足並みでかざられ、また、どんな自然美もその美しさを高められるのです。荒れはてた塔のまわりの公園は、恋を語りあうふたり連れにとっては、かつて長いことロマンチックな場所とみられてきましたが、サー・ヘクターが、五頭のなかまをひきつれて、芝の上をすすむのを見れば、かみさん連れのざっぱくな肉屋でさえも、その風景を、美しいと思うにちがいありません。彼らのひづめにふみしかれる草は、あざやかな緑に映え、いまにも葉を落とそうとしている木ぎは、サー・ヘクターのひきいるガルガ、コケット、ゴールデンボーイ、ティモテ、パッチスの一団にあいさつするように、最後の豊かな葉のしげみをゆさゆさとゆすりました。

ミス・ビアンカは、シャーンの肩ごしに身をのりだしながら、たちまち、二つの詩を頭にうかべました。シャーンは、興奮のあまり落ちそうになって、しっぽをつかまれ、うしろにひかれました。——とはいえ、ミス・ビアンカ自身も、シャーンとおなじほど身をのりだして、サー・ヘクターに気づいてもらおうとつとめました。けれども、距離がへだたりすぎていたし、競走馬は、めったに上を見ないものです。ミス・ビアンカは、上からサー・ヘクターのみごとなしっぽをながめることで、じゅうぶん気持ちが高められました。おまけに、サー・ヘクターは、約束をまったくわすれなかった証拠に、池をひとめぐりして視界から消え、番人部屋の地上の窓のまえをよこぎったのでした。そのいななきがあまりに大きかったので、ジョージとジャックが朝ごはんをつくっていたとしても、気がつかずにいられなかったでしょう。

　パッチスの姿が最後に消えてゆきました。(彼は、いつもしんがりをつとめました。はっきりいえば、はたらくには年をとりすぎていたのですが、彼の過去の栄光を知っているサー・ヘクターのあたたかい思いやりで、この場所をあたえられていたのです。)一方、塔のなかの興奮は、極度に高まっていましたが、ミス・ビアンカは、片手でシャーンをおさえ、もう一方の手でマンドレークをひきとめました。そして、年とったパッチスの姿が消えるのをまって、誇り高きシャーンに、まずはじめに、階段をおりる名誉をあたえました。

「シャーン、いそいでおりて、ジョージとジャックが、番人部屋をでたかどうか見てきてください。」と、彼女は命じました。「もし、まだいるようでしたら、ふたりが部屋をでるのをまって報告してください！」

けれどもシャーンは、おりていったかと思うと、たちまちもどってきました。

「ふたりともでています。」と、彼は報告しました。「ぼくがいったとおり、戸は、あけっぱなしです！」

「では、第六段階にすすみます。」と、ミス・ビアンカは、（冷静に）いいました。

4

幸いなことにマンドレークは、まだ、とてもやせていたので、せまいすきまを、すりぬけることができました。階段は急でまがりくねっていましたが、シャーンが一度上下したあとなので、――この経験あるガイドの案内で、とくに高い段や、くずれおちている段ごとに注意をうけながら、ぶじにそろって番人部屋につくことができました。部屋はからっぽでした！――そして、部屋の戸はあけっぱなしでした！――ジョージとジャックは、おおいそぎでとびだしていったのです！

マンドレークと、シャーンと、ミス・ビアンカもとびだしました。

そこで、はっと、立ちどまりました。まだ、警戒する必要があったのです。

サー・ヘクターは、公園の門と反対の方向へ一キロの何分の一か、だく足で走っていったあとでした。

公園の門に牛乳配達車がとまることになっています。ジャックは、息をきらせながら、サー・ヘクターのあとを追っています。そして、一息ごとに、公園の門から遠ざかっています。けれども、でぶでのろまのジョージは、通路のいちばん端に立ちどまって、のこりの馬が通りすぎるのをまっていました。もちろん彼は、うしろに近づいたシャーンとミス・ビアンカには気づくはずがありませんが、マンドレークには、かならず気づいてしまうにちがいありません。

「彼が、あとを追うまでまたなければだめね。」と、ミス・ビアンカは、ささやきました。

マンドレークと、シャーンと、ミス・ビアンカは、戸口に身をひそめました。長い時間がたったように思われました。ガルガが、まず通りすぎ、つづいてコケット、ティモテ、ゴールデンボーイが、だく足で通りすぎるあいだ、ジョージは、そこに根が生えたようにつっ立ったままでした。――ミス・ビアンカは、マンドレークがきくに耐えない悪口をつぶやくのをきいて、とても心配になりました。一瞬とはいえ、たいへんふゆかいな思いが、彼女の気持ちをみだしました。孤児たちに、彼は、悪いことばを教えるかもしれない。彼女は、とがめるような真剣なまなざしで、マンドレークを見あげました。それから、また、ジョージを見つめました……。

ジョージは、動かないのだろうか？　――あるいは、もし、思いもおよばぬもとの方向へ、もどるとしたら？　そうすれば、事態は、急転直下破滅となるかもしれない？

しかし、ジョージは、彼自身の破滅へころげていったのです。ゴールデンボーイのうしろに長い間隔があいたのにだまされ、馬の縦隊が通りすぎたものと勘違いしたジョージは、おおっと叫び声をあげて、馬の通ったあとへ歩きだしたのです。――パッチスの走ってくるまんまえでした！

　年よりパッチスは、騎手が手綱を引いたのも無視して、ひたすらサー・ヘクターのうしろにつづこうと走ってきました。目のわるいパッチスには、行く手をふさぐ人影さえ見えませんでした。ジョージは、パッチスに背をむけていました。パッチスの目が、半分見えないとすれば、ジョージの耳は、半分きこえませんでした。鉄のひづめのひびく道筋を、のっしのっしと歩いているのです。つぎの一瞬、犯罪者としての彼の生涯は、血と骨のかたまりで終わったはずでした――

　こともあろうに、マンドレークが、その身を救わなかったら！

　マンドレークは、力のこもったはね足であっというまに通路をとびだし、ジョージのからだに肩から体あたり、自分の自由への道をはばむ最後の障害を、危険からころがしだしてやったのです！

　彼は、価値ある人であることを、まさに証明したのです。

　シャーンは、歓声をおくりました。ミス・ビアンカは、自分の信頼がみごとに証明されたのを見て、よろこびのあまり気がとおくなりそうでした。

「おお、マンドレーク、あなたは、わたくしののぞむ以上に、立ちなおったのね！」彼女は、自分にむかってさけびました。「おお、マンドレーク、あなたをうたがうことなぞ、どうしてできましょう！」

――つぎの瞬間、彼女は、また、気がとおくなりそうでした。ジョージは、まだ地面にたおれたまま、自分を助けた相手を見たとたん、なんという恩知らずでしょう、マンドレークのくるぶしにだきついて、「囚人が逃げたぞう！」と、ジャックにむかってわめいたのです。

5

マンドレークは、足くびをねじって、からだを自由にしました。

「早く！」と、ミス・ビアンカはさけびました。「公園の門にむかって、走ってください、早く！」

「くるぶしが！」と、マンドレークはあえぎました。捻挫したのです。足をひきずった

まま歩くことができません。幸いなことに、もっとひどくからだを痛めたジョージは、まったく地面から立ちあがることができませんでした。しかし、ジャックが、とおくから、すでに、こちらにむかって息をきらせて走ってきます……。

シャーンとミス・ビアンカは、走ろうと思えば走ることができました。（シャーンは、おぼえていると思いますが、クロスカントリー・マラソンのバッジをもっています。）だが、相手はジャックひとりとはいえ、動けなくなったマンドレークを見すてることが、どうしてできましょう？　できるはずがありません！　とはいえ、ジャックが追いついたら、どうすることもできません！　まちがいなく彼は追いつきます。この馬丁は、ブラッドハウンド犬をつれてはいませんが、マンドレークは、足をひきずり歩くことさえ困難なのです。二ひきのねずみは、小さすぎて、彼をささえてやることもできません。マンドレークの両側から、彼をはげまし元気づけました。二ひきは、おたがいに、はげましあいました。けれども、まるで悪夢のようでした。せまりくるおそろしい危機にたいして、まるで動けないのです。

「シャーン、うしろを見て。」と、ミス・ビアンカはささやきました。「ジャックの追いつきかたは、早いのかしら？」

「早いとも。」と、シャーンが、緊張していいかえしました。

「では、あなただけでも走って。」と、ミス・ビアンカはささやきました。「あなたのおかあさんのために！」

しかしシャーンは、そのときとつぜん、自分は孤児だといいました。マンドレークと二ひきは、苦しみながら必死に逃げつづけました。

ジャックは、もう百メートルたらずのところに近づきました。

わずか五十メートルに近づいたとき、マンドレークは、よろめきました。ああ、すべては終わりです。

12
◇◇◇◇◇
幸せな結末

1

たしかに、そのように思われれました。

その瞬間、雷のようなひづめのひびきが、地面をゆるがせました。――サー・ヘクターが、そばにきたのです！　彼は、すべてを見ていました――マンドレークの英雄的な行動、ジョージの卑劣な忘恩、ジャックの追跡。サー・ヘクターは、一・五キロを、四十九秒で走りきりました。そのすんだ目は、いかりに燃え、くらには、だれも乗っていませんでした。彼の生涯でたった二度目ですが、騎手をふり落としてきたのです！

「わたしの背に！」と、サー・ヘクターはさけびました。「みんなそろって！」

マンドレークは、信じられないほどの最後の力をふりしぼって、サー・ヘクターの背に乗りました。シャーンは、ミス・ビアンカのふみ台になって、その手を、サー・ヘクターのしっぽにとどかせ、自分も、彼女のあとからとび乗りました。

「いいですか?」と、サー・ヘクターの声。

「よし!」と、マンドレークが、大きな、しっかりした声でこたえました。——彼は、ほんとうに救出にあたいする男でした! くるぶしは、痛みでふるえ、手綱をにぎる手には力がありませんでした。サー・ヘクターが、だく足で走りはじめると、くらにしがみついているのがやっとでしたが、彼の勇気は、一刻もおとろえませんでした。

「どこでもいいからつれてってくれ!」と、マンドレークは、くいしばった歯のあいだからいいました。「死んでもかまわん。自由になったんだ!」

ミス・ビアンカは、彼をたたえる気持ちで胸がときめきました。——しかし、つぎの瞬間には、くらのよこを走り、サー・ヘクターの耳もとへうつりました。

「死ぬなんてとんでもない。孤児院へおねがいします!」と、彼女はたのみました。

「とにかく、しっかりつかまっていてください。」サー・ヘクターは、全速力で走りはじ

めながらいいました。「よし、どのくらい速く走れるかやってみよう！」

2

サー・ヘクターは、つむじ風のように、そして、かわききったシダのしげみを走るほのおのように、公園をつっ走りました。——早起きをして散歩をしていた数人の人たちは、その姿を幸運にも目撃したのですが、生涯、そのすばらしさをわすれることができないでしょう。流れ星のようなしっぽ、ろうそくのほのおのような編み目のたてがみ。そして、鼻からちる火花！（ひとりの通行人が、たしかに見たというのです。）ミス・ビアンカの銀白色の毛も、とびちる雪片のようになりました。くらのうしろ側の風下にいるシャーンでさえも、ひげをおさえていなければなりませんでした。マンドレークは、けんめいにしがみついているうちに、まるでそのからだは、くらの上で平伏してしまいました。（でも偶然、そのために風の抵抗がいちばん少なくなりました。）ジャックが、はるか彼方にとりのこされたばかりでなく、サー・ヘクターのなかまの馬たちも同様でした。おどろきあわてて騎手たちが、むちをふるいましたが、サー・ヘクターは、余裕しゃくしゃく、たちまち距離をあけ、町にもどったときには、ゆうゆうと歩いていました。

「孤児院へと、いいましたね？」と、彼は、ミス・ビアンカに、ていねいにききかえしました。（息切れさえしていませんでした。）

「おねがいいたします。」と、ミス・ビアンカはいいました。全速力の疾走が終わったのがとてもざんねんでした。彼女は、スピードをたたえました。サー・ヘクターのたてがみに、しっかりとつかまりながら、まるで大使の自動車に乗っているように安心していられたのでした。そして、サー・ヘクターといっしょなら、だれだって安心できるにちがいないと、思いました。

ミス・ビアンカとサー・ヘクターは、おたがいに尊敬しあっていました。マンドレークが孤児院の呼び鈴をおし、とびらの開かれるのをまつあいだ、この気高い馬は、身をかがめ、ミス・ビアンカの背の高さまで、りっぱな頭をさげてきました。

「まるでペガサスがみちびくように、あなたは、わたしに、すばらしい脱出に一役買わせてくれました！」と、やさしく話しかけました。「マンドレークのりっぱな行為は、あなたの彼にたいする信頼を、みごとに証明しましたね。あなたの女性らしい直観が正しかったのです。彼は、悔いあらためました。でも、この脱出計画に、わたしが参加したのは、ただミス・ビアンカ、あなたのためだったということを悔いていませんよ！」

ミス・ビアンカは、顔を赤らめました。なにかいいかえそうとするまえに——でもあまりにみごとに感情をゆさぶられて、なんとこたえていいかわからなかったにちがいありません。——孤児院の婦人院長さんが、とびらを開きました。(年よりのモグラのいったことは、まったく正しかったのです。孤児院は、人手がたりなくてこまっていました。)ここでふたたび、サー・ヘクターの援助が、かぎりない力をしめしたのです！　どんなりっぱなようすの庭番でも、だれの紹介もなしに、しかも給料なしで働こうというのでは、うたがわれてもしかたがありません。けれども、国民の人気の的であるサー・ヘクターに援助されているようすのマンドレークを見て、院長は、その場で、彼をやとうことにきめました。

「では、お別れですね。」と、サー・ヘクターは、ミス・ビアンカにいいました。「それとも、どこかまでおつれしましょうか？」

ミス・ビアンカは、くびをふりました。あのすさまじくかがやかしい疾走のあとでは、ただなんとなく乗せてもらうのは、せっかくの劇的経験をだいなしにしてしまうかもしれないからです。

「でも、これで永遠にお別れではないでしょう。」と、サー・ヘクターは、ほほえみながらいいました。「たぶん、あなたは、また、わたしをたずねてくださるかもしれませんね。それとも、いちばんすてきな帽子をかぶって、わたしが走るのを見にきてくださるか？でも、わたしは、二度と、あなたがきょうごらんになったほど、走れないかもしれませんよ！」

サー・ヘクターは、そういいながら、ひくくひくく頭をさげたので、ビロードのような鼻の先が、ミス・ビアンカのひげに、そっとふれました。けれども、彼女は、気をとりなおして、最後のお別れをいうことにしました。いずれにしても、サー・ヘクターは、一メートル七十センチの高さですし、彼女は、五センチたらずなのですから……。

「たぶん、思い出だけをたいせつにすることにいたします。」と、ミス・ビアンカは、やさしくいいました。「きょう、わたくしは、あなたと、ごいっしょだったのですもの！」

3

この救出にたいしては、なんの勲章もあたえられませんでした。公の救出ではなかったからです。——囚人友の会は、まったく協力をしませんでした。そこでミス・ビアンカは、ボーイスカウトたちを、すばらしいお茶の会に招待し、シャーンには、献辞をしるした腕時計をおくりました。その時計には、夜光針がついていました。

けれども、サー・ヘクターにかんすることならなんでもニュースになるので、この冒険のくわしいようすが、しだいに知れわたり、囚人友の会の会員たちは、そのようすをくわしく知れば知るほど、この脱出計画に協力せず、栄光をわかちあうことができなかったことを後悔するのでした。これまでのようすでおわかりのように、体操教師の思いどおりに、囚人にたいする奉仕をやめて、自分の体重ばかり気にする体操にひっぱられてしまったことは、大部分彼ら自身の責任だったのですが、つぎの総会で、彼女が、なぜ勲章をださないかという理由を説明しているときに、会員たちは大さわぎにさわいで、彼女をだまらせ

てしまいました。そればかりでなく、彼女に、できるだけ早く辞職すべきだと気づかせたのです。

というわけでバーナードは、彼女と結婚しなくてすみました。気が晴ればれとしたバーナードは、慣習になっている贈り物の銀のお盆を買う費用をだれも寄付しないので、自分の財布から払いました。体操教師のかわりに選ばれた新しい婦人議長は、よく太った気持ちのいい婦人部会の会員で、仕事をてきぱきと片づける有能な責任者であることをしめしました。彼女は、ミス・ビアンカを非常に尊敬していたので、ミス・ビアンカの助言や発想を一生けんめいとりいれ、そのため、囚人友の会の未来は、いまやまったく安泰となりました。

マンドレークが孤児院の庭番となったのは、大きな成功でした。くる日もくる日も、一生けんめい働いて、果樹園をみごとにみのらせ、リンゴジャムは、ただでいくら食べてもありあまり、花壇は、目にもあざやかに花ざかり、テニスコートも使えるようになりました。このテニスコートで練習した孤児のひとりが、ジュニア・チャンピオンになり、つづいて、ワイトマン・カップをねらうことにもなりました。

ミス・ビアンカの詩集は、書評でたいへんな好評を博してから、版を三回も重ねました。ビタミン剤の製薬会社へ送った彼女の感謝状は、いろいろな新聞や雑誌に引用されて、一般的に疲労をうったえる多くの読者に役立ちました。

公園で落馬した騎手は、サー・ヘクターが、注意ぶかくシダのしげみのなかに落としたので、なんのけがもしませんでした。

ピクニックで婚約したねずみは、彼の夢見た相手とつぎの週に結婚しました。ミス・ビアンカは、彼らの結婚式に出席したばかりでなく、はじめて生まれた六ぴきの子どもたちの名づけ親になりました。

バーナードは、ミス・ビアンカが、夕刊という夕刊の競馬欄にでてくるので、すっかりおどろいてしまいました。ミス・ビアンカは、サー・ヘクターのすばらしい登場ぶりと英雄的行動に、どれほど彼女の胸をおどらせたかなどということを話して、バーナードの気持ちを傷つけることは、けっしてしませんでした。その逆に、体操教師と結婚する羽目になりそうだったということを、あらいざらいしゃべってしまいました。けれども、(彼が率直にうちあけたように)この身の毛のよだつような犠牲的行為は、ただひたすら、ミス・ビアンカにこれ以上心配をかけないために考えられたのだということがわかると、彼女は、ねたましさを感じるまえに、その思いやりに胸をうたれました。彼女は、これまでとかわらぬ愛情で、バーナードに接しました。そして、バーナードは、ほとんどの夕べを、せとものの塔ですごしました。

二ひきのあいだには、まえにもまして強いきずながおきました。というのも、二ひきは協力して、囚人友の会を破滅から救ったからです。――ミス・ビアンカは、囚人友の会にふさわしい仕事によってのみ、栄光があたえられることを、彼らに思い出させました。そして、バーナードは、もっとも困難な時期に、勇気をもって仕事をつづけたのでした。ミス・ビアンカの貢献のほうが、たしかに波乱にとんだものであり、バーナードの貢献は、それにくらべて手堅く実際的なものでしたが、それぞれにほめたたえられるべきものでした。二ひきの力を合わせた功績は、記念すべき勝利として、心あるねずみたちによって、いつまでも語りつたえられるでしょう。

親愛なるミス・ビアンカ

池澤春菜
（声優・女優・エッセイスト）

またあなたにお会いできる日が来るなんて。しかも、愛らしさ、優美さ、そして気高いお心はそのままに、さらに可愛らしい少年文庫サイズにおなりになりましたね。（編集部注：「ミス・ビアンカ」シリーズは一九六七年から一九八八年にかけて単行本で刊行されました。）

初めてお目もじかなったあの日からずっと、私の心のあこがれは、ミス・ビアンカ、あなたです。

ミス・ビアンカのどんなときでも美しいお姿や、優しい心遣いに満ちたお言葉、弱きものや辛い思いをしているものにかけるいたわり、そして時にその小さな体には大きすぎる勇気……残念ながら、大人になっても、私にはその十分の一、いえ、億分の一も備わりませんでした。

それでも、こんな時、ミス・ビアンカだったらなんて言うだろう、ミス・ビアンカだったらどうするだろう、と考えると、私の（人の目には見えない）心のしっぽも、ピンと伸びる気がするのです。

しかも今回、あなたが助け出すのはマンドレーク……そう、くらやみ城で出会ったあの極悪人です。できるならばもう二度とお目にかかりたくない、そう思っていたのに。

謂われなく閉じ込められた詩人を救うのは素晴らしいことです。悪夢のような日々に閉じ込められた幼い少女を救うのも、素晴らしいことです。勇気と、義俠心を持ち合わせたものなら、誰でもそう思うでしょう。

でも、ああ、ミス・ビアンカ。あなたのお心は、私などが想像するより遙かに尊く、素晴らしかった。

かつてあんなに苦しめられた存在、今も果たして邪悪な心根がそのままかもしれない人物ですら、いえ、だからこそ救われるべき、こう決意できるネズミが、ミス・ビアンカ以外にこの世にいるでしょうか。

真の勇気とは、真の気高さとは、たとえ相手が誰であろうと、分け隔てなく発揮されるものなのですね。


正しい人は救われるべきです。

でも悪い人こそ、本当は救われるべき。

これはね、実は浄土真宗の「悪人正機」って考え方なんですって。

人は誰しも、生きている中でちょっとずつ悪いことを考えたりしたりしてしまうでしょう？

だから、みんな基本的には悪い人。

でも、自分は悪い人なんだと気づくこと、だからこそいい人になろうとすることが大事。悪い人こそ救われるべき、というのは、みんな悪い人、だからこそいい人になれる、ってことなんですね。

逆に、いいことをしたから天国に行ける、救われるんだ、という考え方は、ちょっとずるい気がいたします。私は「いいことした人だけ助けてあげましょう」よりは、「みんな誰しも助けられるべきです」の方が好きです。

ミス・ビアンカ、あなたの手のひらにのるほど小さな体の中には、阿弥陀様と同じ、尊い大きな心があるのですねぇ。


あのね、私もあなたに教えられて、心がけていることがあるんですよ。

どんな人でも、良い人だと思ってしまうこと。

私はそれを「良い人シール」と呼んでいます。

先ほどの阿弥陀様のお考えと表裏一体なのですが、どんな悪い人の中にも、良い人がいると思うのです。そして誰しも、本当は良い人でいる方が楽なのです。だって良い気持ちには、良い気持ちが返ってきますもの。そして悪い気持ちには、悪い気持ちが返ってくる。

でも、いろいろな事情で周りから悪い気持ちばかり投げつけられたら、かつては良い人だったとしても、だんだん悪い人になってしまうかもしれない。

私はその人に「良い人シール」を貼ってしまうことにしています。

「あなたはそんな風に悪ぶっているけど、本当は良い人ですね、私は知っています。親切にしてくれてありがとう、とても嬉しい」という気持ちを最初にぺたんと貼ってしまうのです。

自分は悪い人だと思っているその人は、いきなり貼られたシールに戸惑うでしょう。でも、人は鏡のようなものです。良い人と思われたら、良い人の振る舞いをしてしまう。そしてたぶん、それは思ったより居心地の良いものじゃないでしょうか。

私の貼ったシールは、小さなものです。きっとすぐに剝がれてしまう。

でも、みんながシールをどんどん貼っていけば、いつかはその人の中に隠れている良い人が本物になるかもしれない！！

ミス・ビアンカの貼ったシールは、きっと特別大きくて、特別剝がれにくかったのでしょうね。だからマンドレークもそのスペシャルなシールに見合う人物になれたんだと思います（ビタミン剤ももちろん大事です）。

それは、また別の言葉だと、「信頼」と言います。「私はあなたを信じています」は、渡す方にとっても渡される方にとっても、とても大きな言葉です。宝物のような、重荷のような。まるでミス・ビアンカの銀のネックレスのように、しっかり持つためには心のしっぽをぴんと伸ばさないといけないない特別な言葉なんです。

この本を読んでいる小さなお友達たち。

あなたの心の中にも、せとものの塔や、葉巻入れのおうちがありますように。そしてもし何か困ったことや自分ではどうしたらいいかわからないことがあったら、心の中にいるミス・ビアンカやバーナードに相談してみて下さい。

きっと、「あなたはその価値のある人ですわ」や「ぼくは、きみならできると思う」と、キラキラと輝く信頼のネックレスをあなたの首にかけてくれるでしょう。

胸には、信頼の証を、そして心のしっぽは美しく勇ましく掲げて。

二〇一六年六月

訳者　渡辺茂男（1928-2006）
静岡市生まれ。慶應義塾大学卒業。米国ウェスタン・リザーブ大学大学院修了後，ニューヨーク公共図書館に勤務。創作に『しょうぼうじどうしゃじぷた』『もりのへなそうる』『寺町三丁目十一番地』，翻訳に『かもさんおとおり』『すばらしいとき』『エルマーのぼうけん』「モファットきょうだい物語」シリーズなど，著訳書多数。

ミス・ビアンカ ひみつの塔の冒険　岩波少年文庫 235

2016年8月17日　第1刷発行

訳　者　渡辺茂男（わたなべしげお）

発行者　岡本　厚

発行所　株式会社 岩波書店
〒101-8002 東京都千代田区一ツ橋 2-5-5
電話案内 03-5210-4000
http://www.iwanami.co.jp/

印刷製本・法令印刷　カバー・半七印刷

ISBN 978-4-00-114235-8　Printed in Japan
NDC 933　216 p.　18 cm

岩波少年文庫創刊五十年——新版の発足に際して

心躍る辺境の冒険、海賊たちの不気味な唄、垣間みる大人の世界への不安、魔法使いの老婆が棲む深い森、無垢の少年たちの友情と別離……幼少期の読書の記憶の断片は、個個人のその後の人生のさまざまな局面で、あるときは勇気と励ましを与え、またあるときは孤独への慰めともなり、意識の深層に蔵され、原風景として消えることがない。

岩波少年文庫は、今を去る五十年前、敗戦の廃墟からたちあがろうとする子どもたちに海外の児童文学の名作を原作の香り豊かな平明正確な翻訳として提供する目的で創刊された。幸いにして、新しい文化を渇望する若い人びとをはじめ両親や教育者たちの広範な支持を得ることができ、三代にわたって読み継がれ、刊行点数も三百点を超えた。

時は移り、日本の子どもたちをとりまく環境は激変した。自然は荒廃し、物質的な豊かさを追い求めた経済の成長は子どもの精神世界を分断し、学校も家庭も変貌を余儀なくされた。いまや教育の無力さえ声高に叫ばれる風潮であり、多様な新しいメディアの出現も、かえって子どもたちを読書の楽しみから遠ざける要素となっている。

しかし、そのような時代であるからこそ、歳月を経てなおその価値を減ぜず、国境を越えて人びとの生きる糧となってきた書物に若い世代がふれることは、彼らが広い視野を獲得し、新しい時代を拓いてゆくために必須の条件であろう。ここに装いを新たに発足する岩波少年文庫は、創刊以来の方針を堅持しつつ、新しい海外の作品にも目を配るとともに、既存の翻訳を見直し、さらに、美しい現代の日本語で書かれた文学作品や科学物語、ヒューマン・ドキュメントにいたる、読みやすいすぐれた著作も幅広く収録してゆきたいと考えている。

幼いころからの読書体験の蓄積が長じて豊かな精神世界の形成をうながすとはいえ、読書は意識して習得すべき生活技術の一つでもある。岩波少年文庫は、その第一歩を発見するために、子どもとかつて子どもだったすべての人びとにひらかれた書物の宝庫となることをめざしている。

（二〇〇〇年六月）

岩波少年文庫

017 ゆかいなホーマーくん
マックロスキー作／石井桃子訳

018 エーミールと探偵たち
019 エーミールと三人のふたご
060 点子ちゃんとアントン
138 ふたりのロッテ
141 飛ぶ教室
ケストナー作／池田香代子訳

020 イソップのお話
河野与一編訳

〈ドリトル先生物語・全13冊〉
021 ドリトル先生アフリカゆき
022 ドリトル先生航海記
023 ドリトル先生の郵便局
024 ドリトル先生のサーカス
025 ドリトル先生の動物園
026 ドリトル先生のキャラバン
027 ドリトル先生と月からの使い
028 ドリトル先生月へゆく
029 ドリトル先生月から帰る
030・1 ドリトル先生と秘密の湖 上下
032 ドリトル先生と緑のカナリア
033 ドリトル先生の楽しい家
ロフティング作／井伏鱒二訳

〈ナルニア国ものがたり・全7冊〉
034 ライオンと魔女
035 カスピアン王子のつのぶえ
036 朝びらき丸東の海へ
037 銀のいす
038 馬と少年
039 魔術師のおい
040 さいごの戦い
C・S・ルイス作／瀬田貞二訳

041 トムは真夜中の庭で
フィリパ・ピアス作／高杉一郎訳

042 真夜中のパーティー
フィリパ・ピアス作／猪熊葉子訳

043 お話を運んだ馬
074 まぬけなワルシャワ旅行
シンガー作／工藤幸雄訳

044 冒険者たち—ガンバと15ひきの仲間
045 グリックの冒険
046 ガンバとカワウソの冒険
斎藤惇夫作／薮内正幸画

231・2 哲夫の春休み 上下
斎藤惇夫作／金井田英津子画

047 不思議の国のアリス
048 鏡の国のアリス
ルイス・キャロル作／脇 明子訳

▷書名の上の番号：001〜 小学生から，501〜 中学生から

岩波少年文庫

049 少年の魔法のつのぶえ―ドイツのわらべうた
ブレンターノ、アルニム編
矢川澄子、池田香代子訳

050 クローディアの秘密
084 魔女ジェニファとわたし
140 ベーグル・チームの作戦
149 ぼくと〈ジョージ〉
カニグズバーグ作／松永ふみ子訳

051 ティーパーティーの謎
056 エリコの丘から
061 800番への旅
カニグズバーグ作
金原瑞人、小島希里訳

052 風にのってきたメアリー・ポピンズ
053 帰ってきたメアリー・ポピンズ
054 とびらをあけるメアリー・ポピンズ
055 公園のメアリー・ポピンズ
トラヴァース作／林 容吉訳

057 わらしべ長者―日本民話選
木下順二作／赤羽末吉画

058・9 ホビットの冒険 上下
トールキン作／瀬田貞二訳

062 床下の小人たち
063 野に出た小人たち
064 川をくだる小人たち
065 空をとぶ小人たち
ノートン作／林 容吉訳

066 小人たちの新しい家
076 空とぶベッドと魔法のほうき
ノートン作／猪熊葉子訳

067 人形の家
ゴッデン作／瀬田貞二訳

068 よりぬきマザーグース
谷川俊太郎訳／鷲津名都江編

069 木はえらい―イギリス子ども詩集
谷川俊太郎、川崎 洋編訳

070 ぽっぺん先生の日曜日
071 ぽっぺん先生と帰らずの沼
100 ぽっぺん先生と笑うカモメ号
146 雨の動物園―私の博物誌
舟崎克彦作

072 森は生きている
マルシャーク作／湯浅芳子訳

073 ピーター・パン
J・M・バリ作／厨川圭子訳

▷書名の上の番号：001～ 小学生から，501～ 中学生から

岩波少年文庫

075 クルミわりとネズミの王さま　ホフマン作／上田真而子訳
077 ピノッキオの冒険　コッローディ作／杉浦明平訳
078 肥後の石工
132 浦上の旅人たち　今西祐行作
081 クジラがクジラになったわけ　テッド・ヒューズ作／河野一郎訳
082 ムギと王さま―本の小べや1
083 天国を出ていく―本の小べや2　ファージョン作／石井桃子訳
086 ぼくがぼくであること　山中　恒作
088 ほんとうの空色　バラージュ作／徳永康元訳
089 ネギをうえた人―朝鮮民話選　金素雲編

090・1 アラビアン・ナイト　上下　ディクソン編／中野好夫訳
093・4 トム・ソーヤーの冒険　上下　マーク・トウェイン作／石井桃子訳
095 マリアンヌの夢　キャサリン・ストー作／猪熊葉子訳
096 けものたちのないしょ話―中国民話選　君島久子編訳
097 あしながおじさん　ウェブスター作／谷口由美子訳
098 ごんぎつね　新美南吉作
099 たのしい川べ　ケネス・グレーアム作／石井桃子訳
101 みどりのゆび　ドリュオン作／安東次男訳
102 少女ポリアンナ

103 ポリアンナの青春　エリナー・ポーター作／谷口由美子訳
143 ぼく、デイヴィッド　エリナー・ポーター作／中村妙子訳
104 月曜日に来たふしぎな子　ジェイムズ・リーブズ作／神宮輝夫訳
106・7 ハイジ　上下　シュピリ作／上田真而子訳
108 お姫さまとゴブリンの物語
109 カーディとお姫さまの物語
133 かるいお姫さま
227・8 北風のうしろの国　上下　マクドナルド作／脇　明子訳
110・1 思い出のマーニー　上下　ロビンソン作／松野正子訳

▷書名の上の番号：001～ 小学生から，501～ 中学生から

岩波少年文庫

岩波少年文庫

154 シュトッフェルの飛行船 エーリカ・マン作／若松宣子訳
155 オタバリの少年探偵たち セシル・デイ＝ルイス作／脇 明子訳
156・7 ふたごの兄弟の物語 上下
214・5 七つのわかれ道の秘密 上下 トンケ・ドラフト作／西村由美訳
158 マルコヴァルドさんの四季 カルヴィーノ作／関口英子訳
159 ふくろ小路一番地 ガーネット作／石井桃子訳
160 指ぬきの夏
201 土曜日はお楽しみ エンライト作／谷口由美子訳

161 黒ねこの王子カーボネル バーバラ・スレイ作／山本まつよ訳
164 ふしぎなオルガン レアンダー作／国松孝二訳
165 りこうすぎた王子 ラング作／福本友美子訳
166 青矢号 おもちゃの夜行列車
200 チポリーノの冒険
213 兵士のハーモニカ ―ロダーリ童話集 ロダーリ作／関口英子訳

〈アーミテージ一家のお話1～3〉
167 おとなりさんは魔女
168 ねむれなければ木にのぼれ

169 ゾウになった赤ちゃん エイキン作／猪熊葉子訳

〈ランサム・サーガ〉
170・1 ツバメ号とアマゾン号 上下
172・3 ツバメの谷 上下
174・5 ヤマネコ号の冒険 上下
176・7 長い冬休み 上下
178・9 オオバンクラブ物語 上下
180・1 ツバメ号の伝書バト 上下
182・3 海へ出るつもりじゃなかった 上下
184・5 ひみつの海 上下
186・7 六人の探偵たち 上下
188・9 女海賊の島 上下
190・1 スカラブ号の夏休み 上下
192・3 シロクマ号となぞの鳥 上下
ランサム作／神宮輝夫訳

▷書名の上の番号：001～ 小学生から，501～ 中学生から

岩波少年文庫

196 ガラガラヘビの味 —アメリカ子ども詩集
アーサー・ビナード、木坂 涼編訳

197 ぽんぽん
今江祥智作

198 くろて団は名探偵
ハンス・ユルゲン・プレス作／大社玲子訳

199 バンビ —森の、ある一生の物語
ザルテン作／上田真而子訳

202 アーベルチェの冒険
203 アーベルチェとふたりのラウラ
シュミット作／西村由美訳

204 バレエものがたり
ジェラス作／神戸万知訳

205 ピッグル・ウィッグルおばさんの農場
ベティ・マクドナルド作／小宮 由訳

206 カイウスはばかだ
ウィンターフェルト作／関 楠生訳

217 リンゴの木の上のおばあさん
ローベ作／塩谷太郎訳

218・9 若草物語 上下
オルコット作／海都洋子訳

220 みどりの小鳥 —イタリア民話選
カルヴィーノ作／河島英昭訳

221 ゾウの鼻が長いわけ —キプリングのなぜなぜ話
キプリング作／藤松玲子訳

225 ジャングル・ブック
キプリング作／三辺律子訳

223 大力のワーニャ
プロイスラー作／大塚勇三訳

224 からたちの花がさいたよ —北原白秋童謡選
与田凖一編

226 大きなたまご
バターワース作／松岡享子訳

229 お静かに、父が昼寝しております —ユダヤの民話
母袋夏生編訳

230 イワンとふしぎなこうま
エルショーフ作／浦 雅春訳

233 ミス・ビアンカ くらやみ城の冒険
234 ミス・ビアンカ ダイヤの館の冒険
235 ミス・ビアンカ ひみつの塔の冒険
シャープ作／渡辺茂男訳

▷書名の上の番号：001〜 小学生から，501〜 中学生から